KB121284

로크미디어가
유혹하는
재미있는 세상

ROK
MEDIA
로크미디어

짐승 같은 뉴비 6

2022년 6월 10일 초판 1쇄 인쇄
2022년 6월 15일 초판 1쇄 발행

지은이 예정후
발행인 김정수 강준규

기획 이기헌 왕소현 박경무 강민구
책임편집 천기덕
마케팅지원 이원선

발행처 (주)로크미디어
출판등록 2003년 3월 24일
주소 서울시 마포구 성암로 330 DMC첨단산업센터 318호
Tel (02)3273-5135 **편집** 070-7863-0307 **Fax** (02)3273-5134
홈페이지 rokmedia.com **E-mail** rokmedia@empas.com

ⓒ 예정후, 2022

값 8,000원

ISBN 979-11-354-7464-4 (6권)
ISBN 979-11-354-7458-3 04810 (세트)

짐승같은
누브

계정후 퓨전 판타지 장편소설

6

Contents

환상 속의 뉴비 (2)

회색 오우거들이 거리를 점령하고 우리를 포위한 상태였다.

아버지는 침묵했다.

그리고 나는 그 모습을 가만히 지켜보고 있었다.

마치 열심히 쳐다보다 보면 저 머릿속에서 오가는 생각들을 꿰뚫어 볼 수 있을 것처럼 말이다.

하지만 일말의 단초도 찾을 수 없었다.

"……."

아버지는 돌을 깎아서 만든 사람처럼 정적을 지키고 있었다.

그러다가 문득 나를 돌아보았다.

나는 그 눈빛을 영원히 잊지 못할 것이다.

야수계에서 44년이 아니라, 444년을 보내더라도 다다르지 못할 '아버지'로서의 감정이 거기에 담겨 있었다.

순간 폭풍이 몰아닥쳤다.

쾅!

별안간 눈앞을 때리는 충격에 어안이 벙벙했다.

이게 뭐지?

하지만 그도 잠시, 나는 곧바로 상황을 파악할 수 있었다.

'아버지가 날 쳐서 밀어냈어!'

대미지는 거의 없었으나 나는 십여 미터를 뒤로 밀려 나간 상태였다.

아버지가 나에게 주먹을 휘두른 결과였다.

아들에게 들려줄 수 없는 이야기를 꺼내야 하는 입장에서 선택한, 어쩔 수 없는 폭력이었다.

하지만 나에게는 청각을 극한까지 끌어 올리는 사냥개의 권능이 있었다.

"……당장 아내를 데리고 오겠다. 아이들에게는 손대지 마."

"훌륭한 판단이구나, 최욱현."

'역시.'

아버지는 나와 신우의 안전을 확보하기 위해 아내를 사지로 끌어들이겠다고 이야기한 것이었다.

나는 아버지의 뒷모습을 멍하니 바라보았다.

대체 어떤 마음일까?

'아내와 자식들의 목숨을 저울질해야 하는 순간이라니.'

지금 나에게 주어진 미션 따위는 아무것도 아닌 것처럼 느껴질 정도였다.

감히 짐작도 할 수 없는 일이었다.

그리고 떠오른 의문도 하나 있었다.

'저 그림자는 왜 어머니를 찾는 거지?'

내가 기억하는 어머니는 무척이나 조용한 분이었다.

그리고 헌터도 아니었다.

마력 각성을 했다고는 들었지만, 마력 감응의 수준이 미미해서 라이센스를 딸 시도도 해 보지 않았다고 들었다.

그런데 왜 우릴 인질로 잡고 어머니를 데리고 오라고 하는 것일까?

아버지는 그 이유를 알고 있는 듯했다.

"금방 다녀오겠다. 약속을 지켜."

"아, 천천히 다녀와도 괜찮아. 하지만 외부에 도움을 청하고 추격이 붙으면 서울에서 멀어질 수 있다는 것을 명심해라. 낄낄낄……."

놈의 요구에 별다른 의문도 제기하지 않고 움직이기 시작한 것을 보면, 전후 사정을 확실히 알고 있는 눈치였다.

과거사의 윤곽이 살짝 드러난 셈이다.

'아버지와 어머니가 함께 실종된 것이 저 그림자의 농간이었나.'

내가 입술을 꾹 깨물었고, 아버지는 쏜살처럼 달려 나갔다.

나를 돌아보지도 않았다.

하지만 그 심정은 뒷모습에서 충분히 전해지고 있었다.

'자신이 조금 더 강했다면, 이 상황을 먼저 대비했더라면……'

이런 일은 벌어지지 않았을 텐데.

분명 그리 자책하고 있을 터였다.

아무런 소용도 없는 후회겠지만 말이다.

그렇게 아버지가 밤거리 속으로 사라진 뒤…….

"건방진 꼬맹아, 네 이야기는 종종 듣고는 했다. 꽤 괜찮은 재능을 가지고 있다던데, 그 말이 사실이었구나. 그러니까 힘을 좀 묶어 놔야겠어."

그림자는 낄낄거리며 나에게 손을 뻗었다.

촤르륵!

단단한 그림자의 줄기 같은 것이 내 팔을 칭칭 묶었다.

인간의 완력으로는 도저히 풀 수 없는 속박.

'하지만 야수의 권능을 동원한다면 어떨까?'

─침!

─팬!

─지!

아공간에서 분위기를 살피던 해청이 잽싸게 끼어든 것이었다.

나는 속으로 피식 웃으며 녀석에게 생각을 전했다.

'해청, 널 아공간에 넣어 둔 게 뜻밖의 한 수가 될 것 같아. 필요할 때 부탁할게. 부러지지 않게 주의하고.'

-응! 주인의 아버지, 너무 슬퍼 보였어. 꼭 구해 드리자!

나를 완전히 제압했다고 판단한 그림자는 내 멱살을 쥐고 질질 끌고 가기 시작했다.

그리고 신우가 있는 그 건물로 들어서면서 주절거리기 시작했다.

"너희 인간의 육체는 아름답기는 하지만 영 실용적이지가 못해. 수직 운동을 하는 꼴을 보고 있으면 그 사실을 확실히 알 수 있지."

'그럼 본인은 인간이 아니라는 건가?'

나는 그 사실을 직접 확인할 수 있었다.

놈은 엘리베이터가 아니라 각 층마다 연결된 비상계단을 이용했는데, 그 방식이 매우 특별했던 것이다.

슈르륵! 철퍽!

그림자는 살아 있는 슬라임처럼 움직였다.

난간에서 난간으로.

스스로 자신을 던지고 또 던지면서 순식간에 4층으로 올라온 것이다.

"어떠냐? 너희보다 훨씬 뛰어나지? 보기에만 그럴싸한 것들 같으니라고. 크크크…….."

놈은 내 목을 마구 흔들며 웃어 댔다.

하지만 나는 뭔가를 깨닫고 생각에 잠긴 상태였다.

이렇게 움직이는 게이트 몬스터를 알고 있었으니까.

'S급 게이트에서 등장하는 점악마종 놈들이 이런 식이었는데?'

점악마(粘惡魔).

표현 그대로 달라붙는 악마종이다.

자체로도 행동할 수 있긴 하지만, 다른 존재에 기생하며 서서히 그 능력을 포식한 뒤 또 다른 숙주로 옮겨 가는 식으로 힘을 키우는 몬스터였다.

이것이 놈이 숨기고 있던 원래 정체라면?

'이 상황에 점악마종이 연관되어 있을 가능성도 있겠어.'

나는 지금 이것이 환상이되 진실의 일면을 보여 주는 것이라고 생각하며 이 사실을 새겨 두었다.

그리고 다음 순간.

"오, 오빠아아!"

초딩 신우와 마주하게 되었다.

나는 이 녀석과 함께 있기 위해서 그림자에게 반항하지 않고 순순히 끌려온 것이었다.

'좋아. 계획했던 대로 신우의 안전을 확보했으니까.'

이제 반격의 시간이다.

눈물과 콧물을 쏟아 내는 어린 동생을 달래는 것은 쉽지 않았다.

"엉엉! 우현이가! 밖으로 나갔다가! 걔가 마력 쓸 줄 안다고 그래서! 근데 선생님들이! 성준이랑 현빈이도……!"

'대체 뭔 소린지.'

이 나이 또래에서는 여자아이들이 성장이 빠르다.

특히 신우는 똘똘한 편이었다.

하지만 사방에서 몬스터가 튀어나오고, 사람들이 다치거나 죽는 것을 직접 봤기에 완전히 패닉에 빠진 상태였다.

어쩔 수 없는 일이다.

'이 무렵의 신우는 마력 각성자로서 마도 특성이 전혀 개방되지 못한 상태였지.'

고작 열두 살, 초등학교 5학년에 불과했다.

평범한 아이가 이런 충격을 견디기 어려운 것은 당연했다.

"너, 너무 무서워……."

"괜찮아, 괜찮아."

나는 신우를 달래 주면서 창밖으로 바깥 상황을 살폈다.

게이트를 튀쳐나온 오우거들에게 점령당한 밤거리는 무척이나 고요했다.

하지만 불안한 분위기였다.

어슬렁거리던 몬스터들의 움직임이 서서히 줄어들고 있었다.

뭔가를 감지한 동물들처럼.

다가오는 사냥꾼의 존재를 알아차리고 온 몸의 근육을 긴장시키는 맹수들처럼.

크으으…….

그워어어.

나란히 고개를 돌려서 한 방향을 주시하기 시작했다.

사냥꾼들은 보란 듯이 나타났다.

"저기 있군."

"신호탄 발사!"

군집을 이룬 오우거들을 보자마자 밤하늘로 주황색 신호탄을 쏘아 올리는 것과 함께 칼을 뽑고 있었다.

나는 고개를 기울였다.

'차원통제청 소속 헌터들인가?'

게이트 바깥으로 뛰쳐나온 오우거들이 서울로 진입했다는 정보를 확인하고 공무원들이 상황을 수습하기 위해서 온 듯했다.

오우거들을 향해 터벅터벅 걸어오는 그들을 보며 나는 미간을 찌푸렸다.

'숫자가 너무 적은데.'

적어도 3배는 더 투입되어야 하는 상황.

무슨 배짱이지? 몰살당하고 싶은 건가?

"……."

차원 역류 이후의 위기 상황을 정리하는 프로토콜이라면 나도 잘 알고 있다.

지금처럼 도심지에 몬스터들이 흘러 들어온 경우, 정부 소속 공략대와 근처의 레이드 클랜을 최대한으로 투입하여 인프라의 피해를 최소화하는 방식으로 처리한다.

그러나 공략대의 승리를 장담하기 어려운 경우에는 몬스터가 더 진출하기 전에 군의 화력을 빌려서 일대를 초토화하는 방식을 사용한다.

즉, 모 아니면 도의 방식으로 취급하는 것이다.

그런데 지금은…….

'공략대가 너무 적어. 특별한 실력자가 없다면, 오우거들을 정리하기 힘든 숫자야.'

저들이 SR급으로 구성된 특수임무국 소속이 아니라면 승산은 희박해 보였다.

게다가 이곳에는 의문의 점악마종까지 기다리고 있었다.

'진짜 순식간에 몰살당할 것 같은데…….'

아비규환이 벌써 눈에 그려지는 듯했던 나는 인상을 찌푸릴 수밖에 없었다.

하지만 다음 순간, 의외의 상황이 벌어졌다.

"아, 오랜만이군."

공무원들 측에서 남녀 두 사람이 전면으로 나오자, 어딘가에서 점악마종이 불쑥 튀어나와서 킬킬거리기 시작한 것이다.

 그러자 앞에 선 남자가 한숨을 내쉬었다.

 "대행자. 우리의 시간으로는 그리 오랜 시간이 지나지 않았습니다만. 상파울루에서 만났던 것이 고작 일주일 전입니다. 서울에는 무슨 일입니까? 설마 '휴전 협정'을 파기할 의도입니까?"

 '휴전 협정?'

 전쟁의 당사자들이 싸움을 멈추기로 합의하는 것이 휴전 협정이다.

 그러니 전쟁을 일어난 적이 있어야만 가능한 협정이기도 했다.

 그런데 갑자기 무슨?

 내가 의문을 품는 가운데, 그림자 악마는 킬킬거리며 일렁거렸다.

 "이봐, 우리의 왕께서는 신의가 있으신 분이다. 그렇게 쉽게 협정이 깨지진 않을 테니까 안심하라고."

 "……알겠습니다. 일단 믿겠습니다."

 "그럼 서울에는 무슨 용건으로 왔지요?"

 오가는 목소리를 들으면서 나는 한 가지 깨달았다.

 '저 두 사람, 내가 아는 사람들이야.'

 앞에서 모자를 쓰고 서 있는 남자는 일견 평범해 보였다.

아무것도 쥐지 않은 적수공권이 자신의 평범함을 강조하는 듯했다.

　하지만 멀리서 보고 있음에도 불구하고 번개처럼 번쩍거리는 안광이 드높은 경지를 증명하고 있었다.

　그리고 조금 어색한 한국어.

　"용건이 없다면 이만 당신들의 세계로 돌아가는 것이 옳다고 생각합니다."

　"크크크. 존, 우리를 너무 경계하는군. 안심하라고 했잖나. 당분간 협정은 지켜질 것이라고 말이야……."

　'존!'

　……존 메이든.

　현재 시점에서 세계 클랜 협의회 의장이자 최강의 헌터.

　지금은 인식을 왜곡하는 아티팩트로 진짜 얼굴을 감추고 있었으나.

　이 근방을 찍어 누르듯이 퍼져 나오는, 강력한 마력 장악은 그의 존재감을 명백하게 드러내고 있었다.

　12년 전에는 막 SSR급에 진입하여 세계적인 명성을 쌓기 시작했을 시점이었다.

　'그리고 뒤에 있는 아줌마는 김서옥 청장이군.'

　이때는 아직 청장이 되기 전이었다.

　올노운이 실력을 만개하기 전, 한국의 현역 최강자들 중 한 사람으로서 활동하던 시기였을 것이다.

'그러다가 차원통제청과 연이 닿아서 청장직을 맡게 되었다고 들었는데.'

혹시 지금 이 사건과 관련이 있는 건가?

나는 우는 신우를 달래면서 창밖의 대화에 계속해서 집중했다.

아버지와 어머니가 이곳에서 변고를 당한다는 것은 기정사실.

사건을 저지하기에 앞서 최대한 많은 정보를 습득해 둘 필요가 있었다.

"용건이라면 이미 전달했다."

"이미 전달했다? 그게 무슨 말입니까?"

"용건이 뭐였지요?"

"너희가 숨겨 둔 차원 과학자 중 한 사람, 최욱현이라는 헌터의 암컷이었더군? 이미 새끼들도 낳았고 말이야."

"……!"

"표정 관리에 미숙하구나. 크크크, 놈에게 암컷을 데려 오라고 해 뒀다. 여기 아이들이 있어선지 순순히 알겠다고 하더군."

"그런 짓을!"

"너희야말로 이런 짓을 하다니. 우릴 상대로 계속 숨길 수 있을 거라고 생각했나? 가소롭군. 가소로워. 인간들이란 참 귀여운 존재야. 크크크……."

나는 입을 살짝 벌리며 생각했다.

어머니가 과학자였다고?

그것도 차원을 다루는 과학자 중 한 사람?

'평범한 가정주부가 아니었어?'

내가 잠시 혼란에 빠진 사이, 점악마종은 모두를 향해 선언하듯 말했다.

"우리 악마계는 너희 인간계의 지배 차원으로서 합당한 권리를 사용할 것이다. 차원에 대한 연구를 금하는 것. 그리고 그 이미 연구된 모든 자료를 회수하는 것."

놈은 키득키득 웃어댔다.

"저항하고 싶으면 해 보아라. 앙탈은 귀엽게 받아 주마."

"······."

"······."

❧

갑자기 너무 많은 정보가 몰려들어오니 머릿속이 복잡해졌다.

하지만 나는 차근차근 앞뒤를 맞추면서 정리를 시작했다.

'휴전 협정, 악마계와 인간계, 지배 차원, 차원 연구······.'

그리 큰 상상력을 발휘할 필요도 없었다.

차원 전쟁.

이 키워드 하나만 떠올릴 수 있다면 앞뒤의 전개를 어렵지 않게 짐작할 수 있었던 것이다.

비록 현재 인류의 역사에는 전혀 기록되어 있지 않았지만.

'만약 타계와의 전쟁이 있었다고 한다면?'

그리고 그 전쟁에서 인류가 패배하여 굴욕적인 협정을 맺었다고 가정한다면.

'지금 이 상황은 아주 완벽하게 설명된다.'

지구에서 차원을 연구하던 어머니는 굴욕적인 협정에 따라서 악마계로 인계되어야 했다.

인류는 그녀를 평범한 일반인으로 위장하는 식으로 보호하려 했다.

하지만 결국 그 사실을 알아챈 악마종이 다시 지구를 찾아왔고……

'어머니는 발각되어 붙잡히고 말았다. 이게 앞뒤 상황인 것 같은데.'

존 메이든과 김서옥은 지구 측의 협상단 또는 외교관 자격으로 악마계와 안면이 있는 듯했다.

그러니까 저 악마종을 '대행자'라고 부르면서 알은체를 하는 것이겠지.

12년 전 당시에도 미국의 중요 전력으로 평가받던 존 메이든이 어째서 한국에서 모습을 드러낸 건지는 모르겠다.

'어쩌면 내 머릿속에서 떠오르는 장면들이 그대로 연결되

는 꿈이나 환상일지도 모르지.'

이 모든 내용은 내가 아는 실제 역사에는 전혀 기록되지 않은 것.

모든 것이 나의 뇌피셜일 가능성도 있었다.

"크크크, 별말이 없는 걸 보니 저항할 생각은 들지 않는 모양이군?"

"대행자, 뭔가 착오가 있는 것 같습니다."

"방금 이야기한 최욱현 헌터의 배우자는 차원 연구팀 소속이 아니라……!"

"두 인간의 새끼들을 찢어 죽이면서 직접 물어볼까? 차원 연구에 관련이 있는지, 없는지?"

"……."

나는 사냥개의 추적술을 최대한으로 전개하며 귀를 기울였다.

조금 더 많은 것을 알고 싶었다.

어쩌면 또 다른 단서까지 손에 넣을 수 있을지도 모른다.

'모뉴먼트.'

지구 최초의 게이트와 함께 태평양 한복판에 나타났다가 사라진 초거대 비석.

다른 차원과 전쟁을 벌였다가 패배했고 그 사실이 역사에 남지 않은 것과 마찬가지로, 그 비석의 존재 역시 세간에 전혀 알려지지 않았다.

'어차피 해독할 수 없는 미스테리 문자의 집합체인 모뉴먼트를 숨긴 이유.'

그것이 차원 전쟁과 연관되어 있다는 시나리오도 충분히 가능성 있는 것이었다.

존 메이든의 목소리가 살짝 떨리는 듯했다.

"알겠습니다. 인정하겠습니다. 우리는 한국 소속 차원 과학자인 조유선 박사를 은닉했습니다. 그러나 이는 합당한 보호 조치였음을 양해해 주기 바랍니다."

그는 묘하게 어색한 한국어로 이 상황을 어떻게든 수습하려 노력했다.

"합당한 조치라? 그 말은 우리 악마계에게 덤벼 보겠다는 뜻인가?"

"아닙니다. 조유선 박사의 신병은 최대한 빨리 인도하겠습니다. 다만……."

"다만?"

"그녀의 자녀들을 억류하고 있다면 풀어 주십시오. 아이들은 관계가 없는 일입니다."

"흐음."

"부모들의 재능을 물려받아 마력 감응 능력이 있다는 이야기는 들었습니다만, 차원 관리 기술을 익힐 수준은 아닐 것입니다. 부모가 도착하기 전에 우리가 데리고 떠나겠습니다."

존 메이든의 말에서 나는 또 하나의 사실을 추측할 수 있었다.

'그래서 신우가 아무것도 모른 채 무사히 살아서 돌아올 수 있었던 거였구나.'

존 메이든과 김서옥이 나타나 점악마종에게 고개를 숙이면서 신우를 빼내 왔던 것이다.

이 직후에 아버지가 어머니를 데리고 왔고, 모종의 '처분'이 이루어졌다.

그렇게 보면 앞뒤가 다 들어맞게 되는 것이었다.

'그럼 원래 역사에서는 여기서 점악마종이 신우를 꺼내서 넘겨주게 되는 건데?'

놈은 그렇게 움직이지 않았다.

"뭐? 이 꼬마들에게 마력 감응 능력이 있다는 이야기만 들었다고? 너희, 감히 내 면전에서 장난질을 하는 것이냐?"

"그게 무슨……?"

"방금 내가 어린 수컷 녀석의 전투력을 똑똑히 보았거늘. 어디서 헛소릴 하는 것이냐는 말이다!"

순간 그림자로부터 강력한 마력 파장이 터져 나왔다.

콰우우우우-!

움직임이 전혀 없었음에도 불구하고, 마치 거대한 주먹으로 지면을 후려친 듯이 일어난 원형의 충격파가 사방을 해일처럼 덮친 것이다.

'저 분노조절장애가!'

지구인들뿐만 아니라 주변의 오우거들까지 다 찢어발기겠다는 기세.

놈의 뒤쪽에 있는 이 건물 역시 예외는 아니었다.

"이리 와!"

창문가에서 황급히 물러선 나는 신우를 등 뒤로 옮기면서 동시에 철견을 작동시켰다.

'파동 흡수.'

좁은 범위를 효율적으로 방어하기에는 이것만한 기술이 없었다.

마이스터의 실력으로 극한까지 강화된 금속의 표면에서 마력의 장막이 출력되었다.

그리고 이어지는 힘의 충돌!

투우웅-!

내가 펼친 방어막에 파괴력은 그대로 먹히기도 하고, 다른 방향으로 튕겨 나가기도 했다.

그 덕분에 신우는 전혀 다치지 않았다.

하지만 안심은 일렀다.

'저 음흉한 악마 새끼.'

지금 점악마종은 나를 건물 밖으로 끄집어내려 하고 있었다.

놈이 쏟아 낸 충격파는 사실상 건물 전체를 후려친 것이나 다름없었다.

마치 한차례의 지진파를 직격으로 때려 맞은 것처럼 말이다.

그 충격은 우리가 있는 '뉴턴 영어 교실'의 내력벽을 연달아 깨뜨리는 결과를 낳았고…….

우드득.

"……!"

등 뒤의 벽에서 균열이 일어나며 끔찍한 소리를 자아내기 시작했다.

역시 무너지는군.

"해청!"

-응!

아공간이 열리는 것과 함께 해청의 칼날이 휙 튀어나왔다.

녀석의 검면에는 여전히 거미줄 같은 실금이 잔뜩 그려져 있었고.

그렇기에 과격한 움직임은 사실상 불가능한 상황이었지만…….

"뭔지 알지?"

-말해 뭐 해!

지금 나에게 필요한 일을 해 주기에는 모자람이 전혀 없었다.

녀석은 직접 움직여 내 등 뒤로 향했다.

동시에 나는 권능을 전개했다.

씨름꾼 침팬지의 손바닥을 불러내서 괴력을 발휘하는 것이다.

그러자 등 뒤에서 팔을 묶고 있던 그림자 조각이 비명을 지르며 터져나갔다.

쩌저적!

해청은 그림자 조각에 흠집을 만들었고 나는 있는 힘껏 힘을 가해서 그것을 단숨에 터트려 버렸다.

포박을 벗어던지고, 다시 해청을 아공간으로 회수한 뒤.

"나한테 안겨! 꽉 잡아!"

"오빠아아악─!"

나는 신우를 옆구리에 끼고 창밖으로 몸을 날렸다.

악마와 인간들이 서 있는 그곳으로.

[안내 : 새로운 권능 '집 나간 고양이의 몸놀림'을 완전히 사용할 수 있습니다.]

착!

한 마리의 길고양이가 되어서 가볍게 착지했다.

그러자 품속의 신우가 바르르 몸을 떠는 것이 느껴졌다.

꼬맹이에게는 도저히 믿을 수 없는 동작이었겠지.

"이때나 지금이나 묵직하네. 다이어트 좀 해라. 라면 좀 그만 먹고."

"어, 어……."

충격으로 놀라서 얼어붙은 동생 녀석을 내려놓자마자 곧바로 빌딩이 주저앉았다.

콰아아앙-!

붕괴와 함께 일어난 먼지바람이 등 뒤로 몰아닥치는 가운데, 두 사람이 입을 쩌억 벌리는 것이 보였다.

"……?"

"저, 저 아이들이?"

존 메이든과 김서옥은 각자의 기술을 이용해서 그림자의 충격파를 흘려보냈을 것이다.

그러면서 내가 신우를 껴안은 채 십수 미터 아래의 지면으로 착지하는 것을 고스란히 지켜보았다.

이건 어지간한 무투 계열 헌터가 아니라면 시도도 불가능한 기예였다.

두 사람은 그것을 누구보다 잘 알고 있을 터.

때문에 심각한 충격에 빠진 표정을 짓고 있었다.

그러자 그림자가 킬킬 웃었다.

"자, 봤지? 봤잖아! 그런데 뭐? 고작 마력 감응 능력? 멍청한 소리 하고 있네! 크흐흐흐! 어쩌면 너희보다 이 녀석이 더 강할지도 모른다!"

"……."

"내가 과장하는 것 같나? 뭐, 믿기 싫으면 어쩔 수 없지."

인간 헌터들은 당황스러운 눈으로 나를 쳐다보기만 했다.

그리고 점악마종은 나를 향해 말했다.

"너, 내 그림자 수갑까지 깨트렸군, 그것도 단숨에. 내가 모르는 힘을 숨겨 두었던 것이냐?"

나는 대답하지 않았다.

아까 그 수갑을 제때 풀지 못했다면, 나는 신우를 데리고 나오지 못했을 수도 있었다.

그리고 실제로 점악마종은 그것을 노린 듯했다.

"쯧, 인질은 값어치 있는 하나면 충분한 것을……."

'저 개자식이……!'

이걸 악마다운 악마라고 해야 하나?

그 덕분에 퓨리 에너지가 빠르게 채워지는 것이 느껴졌다.

동시에 한 가지 깨닫기도 했다.

'아무래도 기존의 흐름과는 달라진 것 같네.'

원래대로 상황이 흘러갔다면 신우는 지구인 헌터들에게 넘겨져 집으로 돌아와야 했다.

더 이상 인질이 필요하지 않다고 판단한 점악마종이 존 메이든의 협상안을 받아들인 결과라고 볼 수 있을 것이다.

하지만 내가 끼어들면서 상황이 달라졌다.

'인질을 내줄 생각이 없어진 거야.'

어쩌면 나까지 부모님과 함께 죽여 버리려고 할 수도 있다.

내가 평범한 꼬마가 아니라는 것을 안 이상, 어머니로부터

'차원 관리 기술'의 수혜를 입었다고 판단할 가능성도 있었다.

'정작 나는 그 차원 기술이 정확히 뭘 말하는 건지도 모르지만.'

여하튼 점악마종이 힘을 사용하여 빌딩을 후려친 시점부터 상황은 급격하게 변했다.

"대행자! 이것은 묵과할 수 없습니다!"

"휴전 협정 위반이에요!"

존 메이든과 김서옥이 나란히 검을 뽑으며 앞으로 나섰다.

두 사람에게서는 살기가 펄펄 끓어 넘치고 있었다.

아무리 불평등 조약의 눈치를 보는 와중이라고 해도, 보란 듯이 힘을 사용하여 근처를 공격한 것을 그대로 묵과할 수는 없었던 모양이다.

그림자 악마는 신나게 웃어댔다.

"그래, 나와 싸워 보겠나? 즐겁겠구나. 크히히히!"

악화일로의 분위기.

히지만 부모님의 죽음을 모두 막아 내겠다고 생각하고 있던 나에게는 희소식이었다.

일단 두 분이 이곳으로 합류할 때까지 시간을 벌 수 있게 된 것은 물론이고……

'점악마종을 박살 낼 때 어머니와 동생을 지켜 줄 손이 하나라도 더 생기는 거니까. 난 나쁠 게 전혀 없지.'

아니, 그전에 전투를 일으켜 점악마종을 미리 없애 버리는 것도 하나의 선택지가 될 수 있었다.

스윽.

그림자와 헌터들의 대치가 이루어졌다.

젊은 김서옥 청장이 나를 향해 손짓하는 것이 보였다.

"꼬마야! 이리로 와!"

그러나 나는 움직이지 않았다.

오우거들이 사방에 널려 있더라도 그림자의 배후 쪽을 점하고 있는 것이 오히려 이득이었다.

'아까 그림자 수갑을 찢은 것처럼 점악마종도 물리적으로 찢을 수 있어. 겉보기에는 형태가 없는 타입인 것처럼 보여도 사실은 물리 공격이 그대로 박힌다는 말이지.'

여차하면 뒤를 덮쳐서 놈을 분쇄해 버릴 작정이었다.

그런데 바로 그때.

"싸우지 마세요!"

어디선가 날카로운 여자의 외침이 들려왔다.

그러자 신우가 반색하며 소리쳤다.

"엄마!"

"……."

난 그림자로부터 시선을 떼지 않고 있었지만, 고개를 돌리고 싶어서 미칠 지경이었다.

나도 보고 싶었다.

'엄마.'

야수계에서 보낸 세월까지 포함하면 60년 가까이 보지 못했던 그 얼굴.

이제는 기억 속에서 제대로 떠오르지도 않는 얼굴을 나 역시 간절히 보고 싶었던 것이다.

저벅저벅.

긴장감이 흘러넘치고 있는 장내로 두 남녀가 걸어 들어왔다.

아버지가 나와 신우를 향해서 잠시 고개를 돌렸지만 눈빛은 제대로 드러내지 않았다.

그리고 등을 보이고 있는 자신의 아내를 향해 돌아섰다.

어머니가 점악마종을 향해 말했다.

"당신이 대행자인가요? 아이들을 놔주세요. 그 다음에 이야기를 시작하죠."

그녀는 우리의 안전부터 확보하고 난 뒤, 스스로의 신병을 넘길 생각이었던 것이다.

하지만 나는 안전 따위 생각하지 않았다.

오히려 앞으로 튀어 나갔다.

바로 지금…….

[권능 : '설원 검치호의 사냥술'.]

나는 일격필살의 각오로 가진 모든 마력을 쥐어짜 내며 점악마종에게 달려들었다.

슈욱-!

땅을 박차고 돌진하자 점악마종의 모습이 급격히 가까워진다.

내 급습을 곧바로 인지한 놈은 즉시 몸통을 돌려세웠다.

그리고 마력이 들불처럼 일어났다.

점악마종은 마법 계열에서도 고위급에 속하는 몬스터였으니, 물리 방어막 마법 정도는 어렵지 않게 펼칠 수 있을 터였다.

"건방진……!"

아니나 다를까, 놈은 그림자의 벽을 펼쳐서 내 돌진을 가로막으려 했다.

하지만 나는 아랑곳하지 않았다.

더더욱 속력을 붙이는 것과 함께 손끝을 앞으로 내밀었다.

그리고 다음 순간.

척.

손끝에 걸리는 벽면을 세게 당기면서 몸을 수직으로 솟구쳤다.

놈이 만든 그림자 벽에다 검치호의 발톱을 박아 넣고 그것을 단숨에 뛰어넘은 것이다.

'대행자라면 누군가의 의지를 대신 행동한다는 뜻일 텐데. 그게 악마계의 지배자일까?'

아니면 악마계 전체의 의지?

'구분하는 게 무의미할지도 모르지. 내가 야수계에서 그랬듯이 악마계에도 만인지상의 지배자가 있다면.'

그림자의 벽을 넘어 점악마종의 본체가 시야 안으로 들어온 순간.

나는 벼락같이 떨어지며 손끝을 아래로 길게 내리그었다.

검치호의 발톱이 단검처럼 길게 뻗어 나오며 목표를 가로질렀다.

"……!"

츠각!

점악마종은 단말마의 비명조차 지르지 못하고 두 조각으로 쪼개지고 말았다.

내가 한계까지 전개한 검치호의 권능은 고위 몬스터의 몸을 일도양단하는 가공할 위력을 선보였다.

"후우우."

검치호의 권능을 해제한 나는 속력을 늦추면서 멈춰 섰다.

모두의 시선이 나에게 화살처럼 꽂히는 듯했다.

"미즈 킴, 방금 그건……?"

"저, 저도 제대로 못 봤어요."

존 메이든과 김서옥이 바보처럼 입을 벌린 채 나를 바라보고 있었다.

적잖이 놀란 얼굴이었다.

나는 조금 의아해졌다.

'12년 전이긴 해도 이미 SSR급에 도달했을 텐데, 이 정도도 제대로 못 봤다고?'

그건 좀 이상한 일이었다.

내가 방금 보여 준 정도는 올노운이나 존 메이든이라면 충분히 가능한 무위라고 생각했으니까.

중학교 교복을 입은 꼬마가 이런 식으로 움직이리라고는 미처 예상하지 못해서였을까?

뭐 어쨌거나.

"……."

나는 드디어 고개를 돌렸다.

시야에 어머니의 모습이 들어왔다.

그녀 또한 당황스러운 눈빛으로 나를 응시하고 있었다.

문득 멍하니 드는 생각이 있었다.

'저렇게 생기셨던가……?'

영하 누나의 이목구비는 머릿속에 선명히 떠오르는데, 솔직히 부모님의 얼굴은 잘 떠오르지 않는다.

특히 어머니는 더더욱.

불효자라고 손가락질받는다고 해도 기억이 안 나는 건 안 나는 거다.

두 분이 실종된 뒤로 우리 남매는 그 존재를 잊기 위해 악착같이 노력했고, 옆집에서 우리를 보살펴 주었던 철만 아저씨와 영하 누나는 그 빈자리를 채워 준 은인과도 같았다.

그 덕분에 우리는 부모님의 존재감을 떨쳐 낼 수 있었다.

내가 영하 누나를 간절하게 그리워하는 감정.

여기에는 사실 어머니가 남긴 무게까지 더해져 있다고 봐도 틀린 말이 아닐 것이다.

나는 낯설고도 아름다운 그 얼굴을 잠시 뚫어지게 바라보다가 아버지에게 말했다.

"어머니를 업으세요. 지금부터 종로 쪽으로 이동할 겁니다."

"……!"

즉, 서울 한복판으로 들어갈 생각이었다.

도심으로 몬스터들을 끌고 들어가면 자연스럽게 서울 소재의 레이드 클랜들이 총동원될 것이고.

뒤에서 새로운 추격이 붙더라도 쉽게 떨어뜨릴 수 있으리라는 계산이었다.

'어차피 난 내 가족을 지키기만 하면 돼.'

사실 한편으론 이런 생각까지 해 봤다.

'내가 여기서 에어바이크를 꺼내서 부모님을 태운 뒤, 게이트를 찢고 바깥으로 나가면 어떻게 되는 걸까?'

게이트 탈출 기능을 사용한다면…….

이 두 사람은 신기루처럼 사라질까?

아니면 미래로 시간 여행을 한 셈이 되는 걸까?

'……모른다.'

그리고 왠지 해서는 안 될 짓이라는 생각이 들었다.

과거의 나와 신우로부터 부모님을 빼앗는 일처럼 느껴져서?

아니, 그렇다기보다는 인과율에 대한 이질감이었다.

이미 죽은 두 사람을 억지로 되살려 내는 것은 잘못된 선택이라는 본능적인 느낌.

일어난 일은 일어난 일로 두어야 한다는 막연한 예감이었다.

그래서 나는 오로지 미션에만 집중하려고 노력했다.

'둘 중 한 사람이 아니라 전부 살려 내는 것.'

환상에 불과하지만 내 가족을 모두 지키겠다는 일념이었다.

하지만 그런 내 의도는 곧바로 장애물에 걸리고 말았다.

"당신이 원호랑 신우를 데리고 가세요. 어차피 악마계에서 원하는 것은 나 하나니까, 내가 가면 다 끝나는 일이에요."

"엄마?"

눈앞에서 내가 점악마종을 찢어발기는 모습을 목격했음에도 불구하고…….

"여보! 아까도 내가 말했지만 지금 우리 원호는……!"

"괜한 소리 말고 어서 가세요."

심지어 아버지의 설득에도 아랑곳하지 않고, 단호한 목소리로 희생양을 자처하고 있었던 것이다.

어머니는 내 제안을 묵살하고 스스로 악마계로 넘어가겠다고 말하고 있었다.

대체 왜?

'혹시 길이 제대로 열리지 않아서? 오우거들이 아직 앞을 막고 있으니까?'

"……그럼 뚫으면 그만이지."

나는 퓨리 에너지를 끌어 올리기 시작했다.

앞서 마력은 전부 소진해 버렸기에 새로운 권능을 사용하기 위해서는 퓨리 에너지가 필요했다.

[안내 : 새로운 권능 '해결사 황소의 뿔'을 한정적으로 사용할 수 있습니다.]

깊숙한 내부로부터 힘이 끓어서 넘치는 것처럼 느껴졌다.

그것이 이마로 집중되고, 단단한 형태를 취하며 두 갈래로 분출되려 하던 그 순간.

"최원호! 필요할 때를 위해서 힘을 아껴야지! 너, '그 동물의 세계'에서 배운 게 싸움밖에 없니?"

"……!"

어머니가 외친 말에 나는 그대로 얼어붙고 말았다.

'방금 미래 세계도 아니고 동물의 세계라고 했어?'

명백하게 야수계를 말한 거잖아?

'미치겠네. 대체 뭐야?'

나는 점점 더 큰 당혹감을 느끼고 있었다.

평범한 가정주부라고 생각했던 어머니가 차원 과학자였다는 사실도 모자라, 12년 후의 내 사정까지 꿰뚫고 있다는 것.

이건 어떻게 생각해 봐도 이해할 수가 없는 대목이었다.

하지만 아버지는 조금 달랐다.

"최악이군. 진짜 최악이야!"

그는 자조적으로 중얼거리면서 신우를 번쩍 안아 들었다.

그리고 나와 아머니 사이를 막아서는 것처럼 지키고 섰다.

"가자."

"아버지!"

"……원호야, 나야말로 미칠 것 같다. 아빠의 마음을 좀 헤아려 주겠니?"

그래도 이건 아니라고 외치려고 하던 그 순간.

쾅! 쾅! 쾅! 쾅……!

별안간 주변을 둘러싸고 있던 오우거들이 전부 터져 나가기 시작했다.

그리고 그 사체로부터 스멀스멀 기어 나오는 그림자들.

기현상의 정체를 곧바로 알아차린 나는 입술을 꾹 깨물었다.

'잠재태 점악마종의 개화!'

점악마종은 하나가 아니었다.

사실은 여기 있는 오우거들 모두가 점악마종에게 잠식된 숙주들이었던 것이다.

하나둘씩 몸을 일으킨 놈들이 나를 향해 낄낄거리기 시작했다.

"아까 그건 멋진 반격이었어, 인간 꼬맹이!"

"캬! 아르바니오트를 한 방에 찢어 죽이다니! 인간종에도 나름 쓸 만한 녀석이 있잖아?"

"그렇잖아도 아르바니오트가 대장 행세하는 건 꼴 보기 싫었어. 휴전 협정에 따라서 정당방위라고 인정해 주자고."

"좋지! 좋아!"

그들은 내가 제 동료를 척살한 것에 죄를 묻지 않겠다고 공언했다.

그러니까 그놈이 먼저 파동을 일으켜서 빌딩을 무너뜨리고 우리 남매를 죽이려고 했던 것을 참작하겠다는 투였다.

하지만…….

"자, 이제 네 어미는 우리가 데려가겠다."

"더 이상 방해하면 일이 점점 커진다는 것을 명심하렴?"

"생각 같아서는 너도 붙잡아가고 싶지만, 우리도 체면이란 게 있어서 말이지……. 크크크."

어머니를 압송하겠다는 자세는 전혀 변하지 않았다.

오히려 점악마종이 십수 기로 늘어났기에 빈틈도 보이지

않게 된 상황이었다.

빌어먹을.

문득 시선이 느껴졌다.

"……."

"……."

복잡한 눈빛으로 나를 바라보는 존 메이든과 김서옥.

두 사람의 시선에서는 착잡함과 우려의 감정이 동시에 엿보이고 있었다.

어머니를 빼앗기게 된 아이가 안쓰러우면서도, 내가 계속 고집을 부릴까 경계하는 기색이었다.

그들은 더 이상 상황이 꼬이는 것을 막기 위해 무엇이든 할 기세였다.

바로 그 순간, 어머니가 이 모든 상황에 종지부를 찍듯 짧게 말했다.

"돌아가. 엄마 걱정은 하지 말고."

나는 침묵했다.

너무나 오랜만에 무력감이라는 감정을 맛보고 있었다.

내 능력으로 주어진 상황을 해결할 수 없다는 느낌은 야수계에서 귀환한 뒤로 사실상 처음 맛보는 것이었다.

"여보, 미안해."

"나도 미안해요. 잘 지내세요. 제발 아프지 말고."

부부가 작별을 고하자 인간 헌터들이 나에게로 조심스럽

게 다가왔다.

그들은 어머니를 제외한 우리 가족을 호위하듯…… 아니, 포위하듯 둘러쌌다.

그리고 어머니에게는 점악마종들이 접근했다.

무슨 일이 벌어졌는지는 모르겠지만 그게 마지막 모습이었다.

"엄마!"

"……."

"가시죠, 최욱현 헌터님. 지금 드리기엔 죄송한 말씀입니다만, 일단 차원통제청까지 동행해 주셔야겠습니다."

우리 세 사람은 헌터들에게 이끌려 자리를 뜰 수밖에 없었다.

잠시 뒤를 돌아보는 아버지의 얼굴이 시커멓게 죽은 듯했다. 분명 내가 알던 역사와는 달랐다.

'적어도 한 사람은 살아남았으니까.'

하지만 다른 한 사람을 구해내는 것에는 결국 실패하고 말았다.

'어머니…….'

나는 그녀를 살리지 못했다는 절망감 속에서 미션 종료를 기다렸다.

앞서 시스템 메시지가 공지했던 대로 한 사람이나마 살렸으니, 미션이 곧 성공으로 처리되고 4구획 5코스도 마무리될 것이라고 생각했다.

　그런데 뜻밖에도 미션은 곧바로 종료되지 않았다.

　　[미션 : 당신의 기억 속에서 사망한 인물 '최욱현'과 '조유선'이
모두 생존한 상태입니다.]

　'두 사람이 모두 생존한 상태라고……?'

　　[미션 : 앞으로 3시간 동안 이 상태가 유지되는 경우, 최고 성적
이 기록될 것입니다.]

　3시간의 유예 시간까지.

　일련의 메시지에 뭔가를 깨달은 나는 눈을 가늘게 떴다.

　문득 어머니의 목소리가 떠올랐다.

　　―너, 그 '동물의 세계'에서 배운 게 싸움밖에 없니?

　'침착하자. 지금 상황을 객관적으로 봐야 해.'

　일단 차원 전쟁과 불평등한 휴전 협정으로 인해 어머니가
악마계로 압송되는 것은 막지는 못했지만, 그렇다고 해서 당
장 그녀가 죽은 것은 아니라는 점.

　그리고 내게 주어진 이 환상이 아직 끝나지 않았다는 점도.

앞서 벤테시오그는 이 환상이 본질을 반영하는 그림자라고 했다.

'그러니 이 환상에도 본질의 일부가 묻어 있을 터. 절망에 빠져 있기보다는 뭐라도 건져 내야 돼.'

남은 3시간 동안 이 기회를 최대한 활용해서 단서를 수집하자는 생각이 들었다.

어머니.

나는 헌터들 사이에서 정신이 나간 듯한 표정을 짓고 있는 아버지의 허리를 쿡 찌르며 속삭였다.

"이 사람들 따돌리고 잠깐 이야기 좀 하시죠."

"이야기……?"

아내를 잃고 절망에 빠졌던 아버지.

그런데 눈빛이 일순 바뀌었다.

그는 어금니를 꾹 깨물며 결연한 표정으로 고개를 끄덕였다.

"그래, 너희 엄마도 자길 다시 만나려면 너와 이야기를 잘해야 할 거라고 하더라. 가자."

'……예언을 하신 건가?'

이젠 별로 놀랍지도 않다.

나는 어머니를 빼내기 위해 준비했던 그 권능을 비로소 터트렸다.

[권능 : '해결사 황소의 뿔'.]

[정보 : 부딪치는 모든 것에 육중한 충격을 가해, 대상을 강하게
밀어내고 기절시킬 수 있습니다.]

뭔가 심상찮은 기세를 느꼈는지 뒤를 돌아보는 존 메이든
과 김서옥.

무방비했던 그들은 내 돌격을 피할 수 없었다.

뻐어억!

"컥!"

"허억!"

내 이마에서 돋아난 길쭉한 쇠뿔에 들이받힌 두 사람은 그
대로 나가떨어지고 말았다.

일시적으로 스턴을 먹고 동작까지 경직된 상태.

갑자기 자신이 당할 줄은 꿈에도 몰랐을 존 메이든은 어안
이 벙벙했는지 나에게 입을 뻐끔거리고 있었다.

"아니! 저 꼬마가!"

"미, 미스터 메이든? 아 유 오케이? 얀마! 너 미쳤냐!"

"아무리 그래도 그렇지 우리를 공격해?"

헌터들이 고함을 내질렀지만 나는 아랑곳하지 않았다.

오히려 자세를 낮추며 길을 열 채비를 했다.

여기서 내 앞을 막으면 누구든지 묵직한 쇠뿔 마사지를 각
오해야 할 것이다.

그들이 멈칫거리던 순간, 신우를 안아 든 아버지가 쏜살같이 뛰어나오며 말했다.

"따라와. 아빠가 조용한 곳을 알고 있어."

우리는 북쪽으로 이동했다.

곧 도로가 없어지고 숲이 우거졌다.

그 덕분에 차원통제청의 헌터들을 따돌리는 것은 그리 어렵지 않았다. 다만 자꾸 울음을 터트리려고 하는 어린 신우를 다독하는 것이 조금 난감했을 뿐.

그러나 아버지는 능숙하게 그것을 해냈다.

"신우야, 엄마는 잠시 멀리 간 거야. 나중에 멋진 모습으로 돌아올 거니까 울 필요 하나도 없어. 알겠지?"

"어디 갔는데에……?"

"음, 미국?"

아공간 속에서 해청이 '오, 미국 아시는구나!'라고 중얼거렸지만 나는 애써 무시했다.

그리고 그의 뒤를 따라서 계속 움직였다.

아버지의 등에 업힌 채 울먹거리던 신우가 지쳐서 잠들고.

마침내 우리가 도착한 곳은 어떤 공터였다.

기이한 마력이 흐르는 곳.

"여긴?"

나는 뭔가를 깨닫고 입을 꾹 다물었다.

그런데 아버지는 나에게 어떤 이야기를 해야 하는지 다 알고 있는 듯했다.

"한국과 일본에서 월드컵이 진행되고 있을 때, 총 세 개의 EX급 게이트가 발생했다고 하더구나."

"한일 월드컵이라면……."

"2002년. 넌 기억도 안 날 거다."

아무런 맥락도 없이 옛날이야기를 꺼내 든 것이 그 증거였다.

"그땐 인류가 게이트 공략을 시작한 지 얼마 되지 않았을 때였어. 그러니 러시아 서시베리아에 열린 '대악마의 흑색지옥'에 네 번이나 시도하고도 결국 실패한 것도 그리 이상한 일은 아니었지."

"차원 역류가 벌어졌겠네요."

"맞아."

EX급 게이트의 차원 역류.

자주 있는 일은 아니지만 또 전혀 없는 일도 아니었다.

당장 영하 누나가 휩쓸렸던 '치천사 미카엘의 처형장'도 EX급 차원 역류였다.

그래도 장소가 시베리아였다면 인구 밀도가 높지 않을 터.

'게이트 근처를 전부 대피시켰다가 차원 역류 이후에 헌터

들을 대거 동원하는 것도 나쁘지 않았을 텐데?'

안타깝게도 그 작전도 수행되지 못했다.

"러시아 헌터들이 악마종 몬스터들을 당해 낼 수 없었던 거야. 결과적으로 반경 500킬로미터에 이르는 지역을 폐쇄해야만 했지."

"음⋯⋯."

몬스터들의 창궐로 인해 지역 전체를 폐쇄해 버리는 것.

이 또한 아주 없는 일은 아니었다.

역류 이후 상황을 감당할 클랜이 없는 상황에서 어쩔 수 없이 행해지는 고육지책이었던 것이다.

그런데 EX급 게이트라면 이야기가 좀 달라진다.

'지능이 있기 때문에 그 지역을 터전으로 삼아 번식하면서 세를 확장할 가능성이 있다.'

즉, 다른 지역까지 침범할 확률이 있었다.

때문에 자국 영토에 핵무기를 투하하는 등 극단적인 방법을 동원하기도 했다.

그래도 영토가 넓고 강군을 가진 러시아니까 수습하기가 상대적으로 쉬웠을 것 같은데.

하지만 정반대였다.

"러시아는 속수무책으로 당했어. 러시아군 당국이 전술핵을 떨어뜨리는 방법까지 고려했지만 결국 실행에 옮기지 못했지."

"왜죠? 그렇게라도 해야……!"

"모스크바에 잠입한 악마종들이 고위 군인들과 정치인들의 가족을 볼모로 잡았거든. 심지어 정신 지배 기술을 사용하기도 했고. 외부에서는 거의 티가 나지 않았지만 내부적으로는 사실상 궤멸 상태였다고 하더구나."

"……!"

차원 역류를 통해 우리 세상으로 나온 몬스터들이 인류 문명 내부에 침입해 그 근간을 뒤흔들었다는 이야기였다.

이게 과연 가능한 일인가 싶었으나, 또 다른 한편으로는 안 될 것도 없겠다는 생각이 들었다.

기본적으로 악마 타입 몬스터는 인간 헌터만큼이나 지능적이고 영악했다.

'그리고 투입된 헌터들을 계속 집어삼키면서 레벨을 올렸을 테니, 내가 알던 것을 훌쩍 뛰어넘는 개체가 탄생했어도 이상한 일은 아니었겠어.'

상상만 해도 끔찍했다.

그런데 그 일이 실제로 일어났다니.

"러시아 정부를 장악한 악마들은 세계 클랜 협의회를 상대로 교섭을 시작했다. 악마계로 돌아가는 대신 지구에서는 마력석 상납과 중요 인적 자원을 인질로 보내는 것. 그게 놈들의 요구 사항이었어."

"설마 그 인질로 삼을 중요 인적 자원이라는 게……?"

"그래, 너희 엄마와 같은 차원 과학자들을 죄다 잡아간 거야."

여기서 나는 묻지 않을 수가 없었다.

"아버지, 차원 과학자가 대체 뭡니까? 전 그런 사람들에 대해서 한 번도 들어보지 못했는데요."

아버지의 아련한 시선이 공터를 향했다.

"특정한 마력이 다른 차원으로 흐르는 것을 감지하고, 그 힘을 이용해서 통로를 여는 방법을 연구하는 학자들이지."

"통로를 여는 방법이오?"

"게이트 말이다."

그는 한숨처럼 말했다.

"그러니까 인위적으로 게이트를 만들고 여는 방법을 연구하는 사람들이라는 거야. 헌터들이 상상할 수 없는 길을 걷는 사람들이지."

인위적으로 게이트를 역류시키는 것도 아니고, 게이트를 생성해서 여는 것을 연구한다니…….

"그리고 여긴 너희 엄마가 연구하던 게이트 스폿이다. 존재 자체가 1급 기밀인 장소. 차원통제청도 모르는 곳이야."

"……그래서 조용한 곳이 있다고 하셨던 거군요."

"여기라도 오지 않으면 당장 미쳐 버릴 거 같기도 했다."

나는 가만히 아버지의 눈을 바라보았다.

절망과 슬픔이 가득 찬 눈동자에 잠시나마 말없는 위로를 보냈다.

그리고 지금까지 가장 궁금했던 것에 대해 질문했다.

"그럼 어머니는 직접 연 게이트에서 뭘 얻으신 겁니까? 미래라도 보신 건가요?"

내가 그렇게 질문하자 아버지의 눈동자가 살짝 떨렸다.

"실험이 성공했다는 것은 확신하고 있다는 말이냐?"

"네, 당연하죠."

그건 처음부터 정해져 있었다.

어머니는 차원 과학자로서 분명히 뭔가 성과를 얻었을 것이다.

그녀가 아무것도 얻은 게 없었다면, 내가 '동물의 세계'로부터 왔다는 것을 파악하고 있을 리가 없었으니까.

나에게는 지극히 당연한 추론이었다.

하지만 아버지에게는 그렇지 않았는지, 그는 무슨 미지의 생물을 관찰하는 듯한 눈으로 나를 바라보고 있었다.

"허, 이게 내 아들이라니……."

"대답은요?"

"알았다, 인마. 보채기는."

깊은 한숨을 내쉰 그가 이야기를 시작했다.

"너희 엄마는 지구의 '신'과 접촉했다."

"……예?"

그런데 그 인트로가 너무 파격적이라서 잠시 할 말을 잊을 정도였다.

"신이라고요? 북유럽이나 그리스 로마 신화에 나오는……. 그런 전능한 존재를 말씀하시는 겁니까?"

"핏줄은 못 속이는군. 나도 처음에 너희 엄마한테 딱 그렇게 물어봤다. 그런데 그런 거랑은 좀 다르다고 하더구나."

아버지는 뒤통수를 벅벅 긁더니 자신 없다는 표정으로 한숨을 내쉬었다.

"하나의 차원을 감싸고 있는…… 뭐랄까, 아, 그래. 일종의 '보호막' 같은 것이라고 하더라. 동시에 그 세계의 연속성을 수호하는 '흐름'이라고도 했고."

보호막이자 흐름이라…….

이 근처를 휘돌고 있는 '그 마력'을 느끼며, 나는 어렴풋하게나마 그 개념을 이해할 수 있었다.

게이트 안팎을 오가는 기술 역시 그러한 속성에 뿌리를 두고 있었던 것이다.

아버지는 인상을 찌푸렸다.

"솔직히 난 이해가 잘 안 되더라. 너도 알겠지만 이 아빠가 머리가 빨리 돌아가는 편은 아니잖아?"

"아버지는 무투파죠."

"그래, 짜식. 뭘 좀 아네. 아무튼 우리 지구의 '보호막'과 접촉한 너희 엄마는 몇 가지의 미래를 보고 돌아왔어. 바로 우리 세계의 파멸에 대한 미래였지."

파멸에 대한 미래.

어릴 적 히어로 무비에서 많이 본 듯한 전개였다.

그만큼 현실감이 없는 이야기이기도 했다.

하지만 아버지의 표정은 점점 더 어두워지고 있었다.

"솔직히 처음엔 안 믿었다. 웃기잖냐. 처음엔 너희 엄마가 위험한 연구를 하다가 정신 착란이 온 건 아닐까 싶었지."

"그런데 악마계의 침공이 일어난 거군요."

"맞아. 딱 그 시기였어. 놈들이 물밑으로 러시아를 평정하고 세계 클랜 협의회를 통해 차원 과학자들을 색출해서 잡아들이기 시작했을 때."

"……."

"그때에서야 이해되더구나. 게이트라는 건, 사실 이계의 존재들이 서로 혈투를 벌이는 복마전의 무대였던 거야. 다들 그걸 너무 늦게 알았지."

나는 아버지의 쓸쓸한 미소를 바라보며 잠시 침묵했다.

그의 설명대로라면 상황은 절망적인 것이었다.

'어머니는 미래를 보았으면서도 그것을 바꾸지 못했다.'

그럼 이 세계의 미래는 파멸을 향해서 고정되어 있다는 말일까?'

'……아니야.'

나는 고개를 저었다.

즉시 반박할 수 있었으니까.

'그런 거였다면 어머니가 신우를 위험하게 뒀을 리가 없어. 종말이 오는 그날까지 최대한 안전한 곳에서 조금이라도 더 많은 시간을 함께 보내려고 하셨겠지.'

그리고 또 하나.

나는 이 환상 바깥의 세계가 여전히 제대로 작동하고 있다는 것을 알고 있다.

신인류와 게이트 테러리스트들이 횡행하고 있기는 했지만, 당장 종말을 입에 담을 만큼 위험한 시기는 아니었던 것이다.

무엇보다도 어머니 역시 우리 세계의 운명적인 파멸 따위를 상정하지는 않으셨던 것 같다.

"원호야."

"예, 말씀하세요."

아버지가 내 머리를 손바닥으로 쓰다듬으며 입을 열었다.

지금까지 잘 알지 못하는 내용을 전달하느라 조금은 어설픈 면을 보이던 아버지.

"의젓하구나, 어이가 없을 정도로. 정말 미래에서 온 내 아들이란 말이지? 이거 참. 하하하."

그가 모처럼 아버지다운 목소리로 웃고 있었다.

"언젠가 너의 미래에 대해 이런 이야기를 들은 적이 있다. 무척 외롭고 고통스럽겠지만 그 시간이 너를 담금질할 것이고……. 또 네가 세계와 세계를 오가며 만드는 변곡점들이

'큰 흐름'을 바꿀 것이라고. 이런 날이 오면 꼭 전해 달라고 하더구나."

내가 이렇게 나타나리라는 것을 알고 있던 어머니의 전언이었다.

그녀가 본 나의 미래야말로 세계의 흐름이 바뀔 수 있음을 증명하는 가장 강력한 증거였다.

나는 천천히 고개를 끄덕였다.

"그리고 어머니도 살아 계실 거예요. 아버지가 찾으러 가실 때까지요."

"……그래. 그래야지."

괜히 하는 소리가 아니었다.

저 바깥에 방어막처럼 각 차원을 보호하는 신적인 무언가가 있고.

그것을 넘어서 들어왔다가 자신의 세계로 돌아간 악마종들이 차원 과학자들을 인질로 잡아 두고 곧바로 처분하지 않는다는 것.

'이건 놈들도 게이트 현상의 이면을 완벽하게 파악하지는 못했다는 뜻이지. 인류의 지식을 흡수하기 위해서 말이야.'

이는 조유선이라는 차원 과학자의 존재 가치를 입증하는 지점이기도 했다.

뛰어난 차원 과학자인 어머니가 자신의 이용 가치를 보존하고 있는 한, 그녀의 생명은 무사할 것이다.

'문제는 차원 간의 시간 흐름이 다르다는 건데…….'

솔직히 이것만큼은 나도 모르겠다.

악마계로 들어가 봐야 알 수 있을 터, 지금 걱정할 일은 아니었다.

[미션 : 곧 기록 채점이 마무리될 예정입니다.]

[정보 : 앞으로 남은 시간은 1분 17초…….]

이제 시간이 되었다.

나는 아버지에게 성큼성큼 다가갔다.

그리고 망설이지 않고 그를 와락 끌어안았다.

"고맙습니다. 반가웠어요, 아버지."

"하하, 이 녀석……."

잠든 신우를 업은 아버지는 애써 웃고 있었지만, 그 눈동자 안에서 뭐라 표현할 수 없는 감정이 흐르고 있었다.

아내를 잃은 슬픔과 나로 인한 혼란.

그리고 선명한 의지였다.

"너희 엄마가 그랬던 것처럼 나는 최선을 다해서 너희를 지킬 거다. 내 모든 것을 걸고 말이야. 그러니까……."

"다 잘될 겁니다. 당연하죠."

나는 피식 웃으며 고개를 끄덕였다.

그러자 아버지가 눈물을 참으려는 듯 이를 악물었다.

때마침 시스템 메시지가 떠올랐다.

[알림 : 4구획이 종료됩니다. 수고하셨습니다.]
[안내 : 특수 미션의 개별 보상이 먼저 지급됩니다.]
[알림 : 레벨이 올랐습니다!]
[알림 : 레벨이 올랐습니다!]
[알림 : 레벨이 올랐습니다!]
[……]

"안녕히 계세요, 아버지."

나는 환상 속의 그에게 작별 인사를 남기고, 찬란하게 쏟아지는 빛에 몸을 맡겼다.

그리고 곧 벤테시오그와 다시 마주할 수 있었다.

4개의 눈을 가진 드래곤이 고개를 갸웃거리고 있었다.

〈왜 울고 있나?〉

"……."

이루어질 수 없는 꿈을 꾸었다고 말할 수 없었던 나는 대충 얼굴을 닦아 내며 대꾸했다.

"음, 눈에 먼지가……."

정산받는 뉴비

〈눈물이 상당히 많이 흐르는 것을 보니, 먼지가 꽤나 컸던 모양이로군.〉

"……거 모른 척 좀 해 달라고."
그러자 벤테시오그는 껄껄 웃으며 꼬리를 흔들었다.

〈일어날 수는 있겠나? 혹시 도움이 필요하면 이야기하라. 꼬리를 빌려주겠다.〉

"됐어."
하지만 막상 몸을 일으키자 상당한 통증이 밀려들었다.

꼭 야수계에서 지구로 돌아왔던 그때처럼 온몸을 두들겨 맞은 듯한 고통이었다.

마치 내 몸이 내 것이 아닌 것처럼 낯설게 느껴질 정도였다.

〈넌 나흘 넘게 누워 있었어. 최원호.〉

내가 말없이 팔다리를 주무르고 있자 물의 정령왕이 나타나서 한 말이었다.

4일 12시간 45분.

정말 정확하게 시간이 흘렀음을 확인한 나는 헛웃음을 지었다.

'환상 내부에서는 고작 하룻밤에 불과했는데, 현실에서는 4일 넘게 지났군.'

시간이 흐르는 속도에도 차이가 있다는 것.

이 역시 야수계에서 지구로 넘어올 때 느낀 것과 비슷했다.

'이번엔 압축 비율이 반대였지만 말이야.'

뒤늦게 심각한 배고픔을 느낀 나는 아공간을 열어서 육포를 우적우적 씹기 시작했다.

보존식은 신물이 나서 지금껏 먹지 않았지만 지금은 뭐라도 씹고 싶은 기분이었다.

그러자 에쿠르가 다시 종알거렸다.

〈맛있게 먹네? 물은? 물은 안 마셔도 되겠어?〉

"목은 별로 안 마른데."

〈왜 그럴까아? 그 동안 한 모금도 마시지 못했는데에?〉

"……?"
뭔 소린지.
나는 녀석을 무시하고 육포를 우물거렸다.
그러자 정령왕은 답답하다는 듯 소리를 질렀다.

〈야! 물을 안 마셨는데 목이 안 마르다는 게 무슨 뜻인지 모르
겠어?〉

"그게 뭐 어쨌다고?"

〈참 나! 내가 물의 지배자로서 너에게 수분을 촉촉하게 공급해
주었다! 이 몸 덕분에 네가 무사할 수 있었다는 말이잖아!〉

나는 피식 웃었다.
"괜한 짓을 하셨네. 까먹었나 본데, 난 그 정도로는 죽을
일이 없어. 보통 인간과는 다르거든."

생존 권능인 '얼음 낙타의 혹'이 자동으로 발동되는 덕분이었다.

일주일쯤 물을 마시지 못한다고 해도, 누워만 있는 거라면 생명에는 아무런 지장이 없었다.

이제 성장세가 본궤도에 올랐으니 확신할 수 있는 사실이었다.

하지만 에쿠르는 입꼬리를 씩 말아 올리며 웃었다.

〈최원호, 그보다는 내가 수분을 공급한 방법에 대해 궁금하게 생각해야 하지 않을까? 내가 너한테 어떻게 물을 줬을까아?〉

"수분을 공급한 방법? 그야 당연히 입으로……."

설마.

나는 치밀어 오르는 불쾌감을 느끼며 입술을 박박 문지르기 시작했다.

"야! 뭘 한 거야? 더럽게!"

〈뭐? 더러워? 감히 물의 정령왕에게 더러움을 논해? 가장 순수한 물의 원소력으로 이루어진 나에게 더럽다니!〉

"내 기분이 더럽다고!"

〈젠장! 농담! 농담이었다! 그걸 믿었느냐!〉

"아닌데. 수상한데. 이 변태 정령왕 자식……."

〈그와아악!〉

내 불신 어린 눈빛에 에쿠르가 참지 못하고 달려들었다.

하지만 나는 그녀의 돌격을 가뿐히 받아서 등 뒤로 던져 버릴 수 있었다.

제 속도만 믿고 달려들었다가 시원하게 나가떨어진 정령왕.

〈어, 어떻게?〉

내 움직임이 한 차원 더 빨라지고 정교해졌음을 알아차린 에쿠르가 눈을 부릅뜨고 있었다.

지켜보던 벤테시오그가 클클 웃었다.

〈특수 시련의 개별 보상을 미리 수령한 모양이로군……. 축하한다. 최원호.〉

"고마워. 벤테시오그."

드래곤이 말한 대로였다.

아버지와 어머니가 등장하는 환상이 종료된 순간, 나는 엄청난 경험치를 개별 보상으로 받아 챙길 수 있었다.

그리고 이건 시작에 불과했다.

'4구획 완료 보상과 영원 모래 미로의 전체 공략 보상은 아직 그대로 남아 있는 상태.'

이 모든 보상을 다 정산받으면 인간 헌터들의 기준에서는 상상조차 하기 힘든 급격한 레벨 업이 이루어질 예정이었다.

그야말로 미친 폭렙이 기다리고 있었던 것이다.

하지만 나는 마냥 즐거워할 수가 없었다.

"……."

환상을 본 여파 때문이었다.

그 시련은 다른 의미로 '최고난도'의 시련이었다.

지금까지 내가 알고 있던 모든 것이 송두리째 뒤집힌 기분.

대체 내가 본 건 뭐였을까.

차원 과학자 어머니, 악마종과 차원 전쟁.

어쩌면 모두 내 무의식을 반영해서 만든 단순한 환상일지도 모른다.

그러나 벤테시오그가 말한 것처럼 진실을 반영한 그림자일 가능성도 있었다.

'또는 두 가지가 함께 섞여 있을 수도 있겠지.'

꿈과 현실이 뒤섞여 있는 거라면, 문제는 좀 더 심각해질 수밖에 없었다.

나는 생각을 정돈하려 노력해야만 했다.

'원래 알고 있던 것과 환상 속에서 본 정보를 나눠서 생각하고, 진실성을 검증해야 돼.'

나와 신우는 그저 게이트 역류로 오우거가 서울 시내로 쏟아져 나왔고, 그 여파로 인해 아버지와 어머니가 실종되었다고 알고 있었다.

그게 12년 전의 차원통제청이 알려 온 내용이었다.

하지만 환상 속에서 입수한 정보에 따르면 모두 기만이었다.

모처럼 이코가 실력을 발휘할 차례였다.

'2002년 시베리아 게이트부터 정보 검증을 시작해야겠어.'

무려 EX급 게이트가 등장하고 역류한 것이 사실이라면, 그 여파는 분명히 남아 있을 터.

지구에 게이트 사태가 시작되고 오래 지나지 않은 혼란기라고 할지라도 완벽히 은폐할 수는 없었을 것이다.

분명 러시아 측에 흔적이 남아 있을 것이라는 생각이 들었다.

한국으로 돌아가는 대로 정보를 수집해야 했다.

드래곤의 눈들이 반짝거리고 있었다.

〈눈빛이 조금 바뀌었군.〉

"그런가."

〈그대 정도의 드높은 경지에 이른 존재에게 변화가 생기기란 쉽지 않은 일이거늘.〉

"쉽진 않지만 불가능한 것도 아니던데."

〈그대가 겪은 시련의 경험이 그만큼 특별했다는 이야기겠지.〉

"맞아."

〈흥미롭다. 그리고 나 또한 생각이 많아지는구나. 우리를 속박하고 있는 게이트라는 현상. 이것의 본질은 과연 무엇인지…….〉

게이트의 본질이라…….
그토록 광오한 질문에 과연 답을 낼 수 있을까?
하지만 문득 떠오르는 말은 하나 있었다.
"……복마전."

〈복마전? 판데모니엄? 그대는 게이트가 만악을 가두어 둔 전당이라고 말하는 것인가?〉

"글쎄. 그냥 주워 들은 말이야."

〈흐음.〉

조금 뻣뻣하게 느껴지는 허리를 곧게 세운 나는 드래곤을 향해 말했다.
"벤테시오그, 이제 게이트를 끝내고 싶은데."
이 등급외 게이트에서 나갈 시간이었다.
드래곤은 천천히 고개를 끄덕였다.

〈알겠다. 그대의 합당한 요청에 따라, 4구역 5코스의 절차를 마무리하겠다.〉

벤테시오그가 감독관으로서 선언하자, 사방의 바다가 서서히 흔들리기 시작했다.
쿠그그그그그그……
물거품을 일으키며 산산이 부서지는 바다.
벤테시오그의 바다가 해체되고, 코스가 종료되는 과정이었다.
그런데 에쿠르의 생각은 조금 달랐던 모양이다.

〈최, 최, 최원호! 잠깐만! 나랑 얘기 좀 해! 내가 계약해 달라고 떼

쓰는 건 관둘 테니꽈! 잠깐만─!〉

　　〈……에쿠르가 바다의 해산을 방해하는군.〉

　　〈벤! 나에게 5분만! 아니, 1분만 시간을 줘!〉

　　물의 여왕은 바다의 변화를 강제로 가라앉히면서까지 소
리를 질러 대고 있었다.

　　─주인, 얀데레는 가까이 두면 안 됐어. 최대한 멀리해. 아
주 나이스 보트가 되는 경우가 있대.

　　'그게 뭔데, 이 오덕아.'

　　역시 해청이 밤마다 TV 보는 것을 좀 자제시켜야 할 필요
가 있는 듯했다.

　　어쨌거나.

　　〈최원호! 잠깐이면 된다고! 내 계약 조건, 아니, 내 청혼 조건을
좀……!〉

　　에쿠르는 눈알이 뒤집힌 채로 나에게 달려들려고 했다.

　　시련을 겪기 전보다 자세가 더 적극적으로 변했다.

　　아마도 내가 빠르게 예전의 경지를 회복해 가고 있음을 직
접 확인한 탓인 듯했다.

　　결국은 벤테시오그에게 저지당하고 말았지만 말이다.

〈역소환하겠다.〉

〈안 돼애애애─!〉

〈된다.〉

[알림 : 특별한 존재 '물의 정령왕, 에쿠르'가 퇴장했습니다.]

어차피 이제 마무리 단계에 온 마당.

벤테시오그는 에쿠르를 정령계로 깔끔하게 날려버렸다.

그 과감함에 웃음이 나오고 말았다.

"고맙긴 한데, 파트너에게 너무 매정한 것 아냐? 후폭풍을
감당할 수 있겠어?"

〈그대를 보여 준 것만으로 에쿠르에게는 해 줄 만큼 해 주었다.
그녀의 집착이 점점 더 심해지는 듯하니, 주의하도록 하라.〉

"중요한 조언이군. 하지만 내가 물의 정령왕을 다시 마주
칠 일이 있을까?"

〈그야 모르는 일이지.〉

"……?"

벤테시오그가 의미심장한 웃음을 지은 그 순간.

콰아아아아아아~!

바다의 모든 물이 하늘을 향해 치솟았다.

흡사 태초의 순간을 거꾸로 돌리는 것처럼 심해가 솟구치며 사라지고 있었다.

그리고 등장한 두 줄의 시스템 메시지.

[알림 : 새로운 종합 기록 1위가 등장했습니다!]

[알림 : 새로운 경지를 개척하는 기록입니다!]

이 게이트가 끝났다는 것.

그리고 내가 목표를 완벽하게 달성했음을 의미하는 메시지들이었다.

나는 상대 평가와 절대 평가에서 모두 완벽한 성과를 거두었다.

[안내 : 게이트를 공략하여 기록이 영구적으로 고정됩니다.]

[알림 : 갱신된 종합 기록은 다음과 같습니다.]

〈종합 기록〉

[1위 : beast.C(6일 23시간 59분 45초)]*새로운 기록!

[2위 : John(7일 9시간 11분 12초)]

[3위 : allknown(7일 17시간 39분 9초)]

[4위 : Karabakk(8일 3시간 5분 30초)]

[5위 : NADIA(8일 8시간 49분 58초)]

[6위 : TenRyu!(8일 10시간 2분 2초)]

[……]

내 이름 위로는 아무것도 없는 스코어보드.

세븐 스타즈고 나발이고, 모두가 내 아래에 있었다.

시간 압축이 중복으로 적용된 결과였다.

내 스스로 이렇게 말하면 오만하게 들릴 수밖에 없겠지만.

"이제 좀 편안하네."

자리를 되찾은 느낌이라고나 할까.

드래곤이 나를 향해 머리를 숙이며 말했다.

〈올라타라. 내가 직접 출구까지 데려다주겠다.〉

"황송하군. 이렇게까지 할 필요는 없는데?"

〈그대가 이뤄 낸 업적에 표하는 내 존경의 뜻이다. 그 치열한 계산의 탈을 뒤집어쓴 무모한 도박. 다른 어떤 도전자도 따라할 수 없는 미친 짓이 아닌가.〉

"그거 칭찬 아니지?"

〈후후후.〉

"계산의 탈을 쓴 도박이라니. 어이가 없네."

나는 툴툴거리며 벤테시오그의 머리에 올랐다.

그러자 드래곤이 날갯짓을 하며 부드럽게 떠올랐다.

작은 건물만큼이나 거대한 용체였지만 그 비행은 지나치게 우아했다.

'이런 건 야수계에서도 해 본 적이 없는데.'

용의 머리 위에 앉아서 위로 솟구치던 바로 그때.

"으아! 으아아악!"

"음?"

어디선가 들려오는 낯익은 비명.

그곳을 향해 고개를 돌린 나는 뒤늦게 깨달았다.

석형우 기자가 이 코스에 함께 있었음을 말이다.

"배, 백수현 마스터! 히끅! 지, 지금! 드, 드래곤을……?"

"……음."

코스 공략을 끝낸 나는 위로 떠오르고 있었고, 그러지 못한 석형우는 아래로 가라앉는 중이었다.

그리고 이쪽을 향해 도저히 믿을 수 없다는 표정을 짓고 있었다.

하긴 내가 드래곤의 머리에 올라타고 있었으니, 식겁하는 것도 당연했다.

그나저나 저 사람을 어떡한다?

"이봐, 벤테시오그."

잠시 고민하던 나는 엉덩이 아래의 용에게 질문했다.

"내가 나가고 나면 저 양반은 어떻게 되는 거지? 내가 없으니까 새로운 미션에 들어가게 되는 건가? 아니, 저 사람은 애초에 이 코스를 공략할 능력이 없는데……."

그러자 벤테시오그가 나에게 거꾸로 질문했다.

〈그대는 동행을 게이트 바깥으로 내보내 주기를 원하는가?〉

돌려 말하지도 않고 직진으로 훅 들어오는 질문.

나는 잠시 생각하다가 천천히 고개를 끄덕였다.

"맞아. 본인이 원한다면 그렇게 해 줬으면 좋겠어."

그러자 벤테시오그가 낮게 웃었다.

〈중도 퇴장이라……. 그대도 알고 있겠지만, 원래 이런 일은 벌어지지 않는 것이다. 게이트란 분명한 원칙으로 작동하는 것. 예외는 '거의' 없지.〉

그래, 거의 없다. 그것을 힘주어 말한 드래곤은 석형우 기자를 향해 날아가기 시작했다.

〈하지만 오늘의 나는 가능하다. 이 게이트가 그대를 알아보고 나의 그림자를 불러내어 그만한 권한을 주었기에.〉

"그렇군."

〈그리고 저 미욱한 생명체의 의지는 따로 물어볼 필요가 없을 것 같다.〉

드래곤은 거대한 날갯짓을 펼치며 순식간에 목표물에 접근했다.
억센 발톱이 그 몸을 움켜잡았다.
"끄아아아악! 살려 줘! 살려 주세요!"
상황을 모르는 석형우는 목이 터져라 고함을 내질렀다.
하지만 이내 조용해졌다.

〈미욱한 생명체여, 당장 입을 다물지 않으면 출구로 데리고 가지 않을 것이다.〉

"추, 출구요?"

〈중도 퇴장을 제공하겠다.〉

"허억! 가, 감사합니다!"

〈감사는 동행에게 보내도록 하라. 네가 이곳에서 무의미한 시간을 보내지 않는 것은 '영원 모래 미로'의 완벽한 공략자인 그의 요청이 있었기 때문이니.〉

"……!"

순식간에 잠잠해진 석형우.

드래곤에게 잡아먹힐 것이라고 생각하다가 출구로 가게 되었으니, 지옥과 천당을 오가는 기분이었을 것이다.

솟구쳐 오르는 물의 흐름을 헤집으며 벤테시오그는 계속해서 상승했다.

그리고 나타난 광채를 향해 뛰어들며 나에게 말했다.

〈반가웠다. 하지만 다음에 만날 때는 나를 주의해야 할 것이다. 예전처럼 대적자로 만나게 될 테니까.〉

"그럼 그전에 예전의 레벨을 되찾아 둬야겠군."

〈후후후. 기대하겠다.〉

몸이 둥실 떠오른다.

입을 벌린 출구로 빨려들어가는 것과 동시에 시스템 메시지들이 눈앞으로 떠올랐다.

[알림 : 게이트 바깥으로 이동합니다.]
[안내 : 성적 정산 중입니다. 곧 최종 보상을 확인할 수 있습니다!]

사하라 사막, 영원 모래 게이트 근처.

사람들이 바글바글하게 문전성시를 이루고 있었다.

묵직하게 내리쬐는 사막의 햇빛을 피하기 위해서 천막과 파라솔을 세우고, 어설픈 솜씨로 차도르를 휘감고 있는 이들은 모두 기자들이었다.

"선배, 아무리 그래도 이거 너무 빨리 온 거 아닐까요? 이러다가 헛물 캐면 출장비만 썼다고 무지하게 깨질 텐데요."

"백수현 헌터가 3구획에서 그런 기록을 낸 게 좀 당황스럽긴 한데, 솔직히 4구획까지 그러리라는 보장은 없잖습니까?"

"에이 씨! 백수현 그 자식은 뭔 가는 곳마다 죄다 평지풍파를 일으키고 있어? 사람 피곤하게 말이야⋯⋯."

다양한 국적의 기자들이 모여 있었지만, 특히 한국 기자들이 대거 군집한 채로 웅성거리는 중이었다.

물론 멀찌감치 떨어져 그 모습을 지켜보는 일본 기자들과 중국 기자들도 있었다.

그들 역시 자국 헌터들이 게이트에 입장해 있었으므로, 그 결과를 취재하기 위해서 자리를 지키고 있는 상태였다.

하지만 하나같이 입을 꾹 다문 모습이었다.

머릿속에서는 복잡한 생각들이 오가고 있었다.

'칙쇼! 히카리 상, 어째서 1구획에서만 성적을 내고 감감무소식인 거야?'

'라오웨이가 이끄는 선발대는 어떻게 된 거냐? 절반 이상이 2구획도 마치지 못했다는 게 말이 된다고 생각해?'

'미치겠군. 대체 안에서 무슨 일이 있었길래……!'

터무니 좋은 소식을 전해 들은 한국 측에서는 기자들이 믿을 수 없다는 반응을 보이고 있었고.

그에 반해 중국과 일본에서는 찬물을 끼얹은 듯 침묵하고 있었다.

모두 스코어보드 때문이었다.

[알림 : 3구획의 기록이 갱신됩니다.]
[알림 : 새로운 874위가 등장했습니다!]
[알림 : 새로운 910위가 등장했습니다!]
[알림 : 새로운 957위가 등장했습니다!]
[……]

사막 위에 우뚝 서 있는 게이트 옆에 다섯 개의 큼직한 비석이 서 있었다.

바로 '영원 모래 미로'의 성적을 표시하는 스코어보드의 실물 형태였다.

그 주위에서는 이집트 정부에서 나온 공무원 두 사람이 부지런히 돌아다니며 성적이 변동되는 것을 기록하고 있었다.

그곳에 '문제의 성적'이 기록되어 있었다.

〈3구획 기록〉

[1위 : beast.C(15시간 3분 2초)]*새로운 기록!

3구획의 역대 1위, 백수현.

기존에 1, 2위를 차지하고 있던 존 메이든과 올노운의 성적을 절반으로 접어 버렸다는 점에서 더욱 특별하고 대단한 성적이었다.

한국에 이 소식이 전해지자 기자들은 앞다투어 이집트로 날아왔다.

하지만 미심쩍은 시선을 보내오고 있었다.

'뭔가 지름길을 알아낸 모양이지?'

'어쩌면 시스템 상의 허점을 이용했을지도 모르겠네. 과연 그게 뭘까?'

'이번 야마는 무모한 게이트 도전으로 잡아야겠다.'

오히려 최원호의 업적을 순수하게 다루기보다는 그 내막을 파헤치고…….

'아 놔. 진세희 마스터가 진재욱 헌터를 중점적으로 띄워 달라고 하면서 광고까지 통 크게 팔아 줬는데!'

'진재욱은 왜 2구획부터 이름이 없냐?'

'대체 어떻게 된 거야? 공략 포기했나?'

심지어 다른 헌터와 비교하면서 기사에다 이용해 먹을 궁리를 하느라 정신이 없었다.

아직 확정된 성적이 아닐지언정, 그가 이루어 낸 위업을 제대로 다루지 않으려는 행태를 보이고 있었던 것이다.

세간에서 흔히 말하는 '기레기'의 짓거리나 다름없었다.

그들이 아이스커피를 연신 들이켜며 노트북 키보드를 열심히 두드리고 있던 그때.

"왓 더 퍽!"

"홀리 몰리……!"

스코어보드 근처에 있던 이집트 공무원들이 소스라치게 놀라는 소리가 들려왔다.

그러자 기자들이 인상을 찌푸렸다.

"쟤들은 왜 또 저래?"

"기욱아, 가서 좀 보고 와라."

기자단 중에서 막내 급 하나가 쪼르르 달려가 상황을 살폈다.

"뭐, 뭐야? 저게? 백수현이 1위라고? 4구획에서도?"

무슨 일인지 잔뜩 굳어버린 이집트 헌터들 어깨 너머로 스코어보드를 훑어보던 젊은 기자는 덩달아 얼어붙고 말았다.

그래도 간신히 할 말은 했다.

"선배님들! 큰일 났습니다! 다들 와서 직접 보셔야 할 것 같은데요?"

"뭔데 그래?"

"말로 해."

"진짜 직접 보셔야 됩니다!"

"허 참, 별일 아니기만 해라."

무거운 몸을 일으킨 한국인 기자들이 어슬렁어슬렁 다가갔다.

그리고 모두 눈을 의심했다.

사막의 금빛 모래 위로 우뚝 선 스코어보드에는 정확히 이렇게 적혀 있었다.

[알림 : 4구획의 기록이 갱신됩니다!]

[알림 : 새로운 1위가 등장했습니다!]

〈4구획 기록〉

[1위 : beast.C(4일 12시간 59분 10초)]*새로운 기록!

[2위 : John(4일 13시간 29분 38초)]

[3위 : allknown(4일 13시간 52분 52초)]

　　[……]

　　바로 '백수현'이 4구획 기록마저 갈아치우며 1위를 거머쥐
었다는 메시지였다.

　　존 메이든이 세운 4구획의 기록을 30분 넘게 추월하며 새
로운 1위에 올랐다.

　　기존에 2위 자리를 차지하고 있던 올노운을 약 1시간 정도
의 격차로 앞지르는 성적이었다.

　　"이, 이게 정말이야?"

　　"아니, 3구획에서는 기록을 절반으로 줄이더니……."

　　"4구획까지?"

　　기자들은 멍하니 시선을 주고받았다.

　　그사이, 새로운 메시지들이 비석에 새겨졌다.

　　[알림 : 새로운 종합 기록 1위가 등장했습니다!]

　　[알림 : 새로운 경지를 개척하는 기록입니다!]

　　역대 1위.

　　모든 이의 뒤통수를 세게 후려치는 메시지 두 줄.

　　"……."

　　"……."

여태껏 최원호의 업적을 반신반의하고 있던 한국 기자들은 충격적인 정적에 휩싸일 수밖에 없었다.

분위기가 심상찮음을 알아차리고 다가온 중국과 일본 측 기자들 역시 마찬가지.

메시지를 확인한 모두가 침묵에 동참할 수밖에 없었다.

그리고 다음 순간.

"자, 자리 잡아! 얼른!"

"포토라인 앞으로 뛰어!"

"뭐하고 있어! 얼타지 말고 빨리 가라고!"

기자들이 황급히 달리기 시작했다.

지면 기자들은 녹음기를 꺼내다가 떨어뜨리고, 카메라 기자들은 배터리를 체크하느라 정신이 없었다.

4구획이 끝났다는 것은 그 헌터가 게이트 바깥으로 나온다는 뜻.

그러니 가장 좋은 성적을 기록한 헌터가 가장 빨리 나온다는 것은 이 사하라 사막에서 상식과도 같았다.

"비켜라! 일본놈들아!"

"(내가 먼저 왔잖나!)"

"씨바! 얘들 뭐라는 거야?"

"(중국인들! 이쪽으로!)"

각국 기자들이 인터뷰에 유리하도록 앞자리를 차지하기 위해서 어깨 싸움을 벌이던 그때.

번쩍!

게이트에서 짧은 섬광이 터져 나왔다.

그리고 덩치가 커다란 남자의 그림자가 드리워졌다.

아주 잠깐 침묵이 흐르고, 앞줄에 서 있던 기자가 하나가 큰 목소리로 소리쳤다.

"배, 백수현 마스터!"

그 외침이 기폭제가 되었다.

"역대 1위 성적을 거둔 게 사실입니까?"

"백수현 씨! 4구획에서 무슨 일이 있었나요!"

"전체적인 브리핑 부탁드립니다!"

"그 3구획 기록은 대체 어떻게 된 겁니까?"

기자들은 정해져 있는 포토라인을 당장이라도 넘어설 것처럼 앞다투어 달려 나왔다.

며칠 굶은 승냥이들처럼 공격적인 태도로 소리를 질러 대기 시작한 것이었다.

기삿거리를 내놓지 않으면 물어뜯을 기세였다.

하지만 그들은 곧 입을 다물 수밖에 없었다.

뒤늦게 찾아온 피로감으로 인해 눈빛이 잔뜩 가라앉은 최원호.

"……."

그가 가만히 고개를 들어서 기자들을 한차례 스윽 둘러본 순간…….

꿀꺽.

마력 각성자가 아닌 기자들은 그대로 사고가 정지해 버렸고, 마력 각성을 했던 몇 사람마저도 헛바람을 들이키며 얼어붙고 말았다.

'무슨 사람 눈이 저래?'

'안에서 지옥이라도 봤나?'

'수, 숨을 못 쉬겠어……!'

얼음을 퍼부은 것처럼 싸늘하게 변한 장내를 향해서 입을 연 사람은 따로 있었다.

"자 자, 우리 선후배님들! 너무 급하게 취재하지 마시고! 일단 하루 정도 휴식 시간을 가진 뒤에 공략을 브리핑하겠습니다!"

"석형우 선배님?"

"석, 석 기자도 모래 미로 게이트를 끝낸 거야……?"

"하하, 그건 아닌데……. 아무튼 뭐, 저도 살아서 나왔습니다."

비록 공략은 실패했지만 최원호와 함께 게이트를 빠져나오는 것에 성공한 석형우 기자였다.

그는 능숙하게 상황을 정리하기 시작했다.

"여러 선후배님들, 궁금하신 점이 많겠지만 브리핑은 내일 진행될 예정입니다. 여기 계신 백수현 마스터께서는 지난 며칠 동안 거의 밤도 주무시지 못했거든요. 다들 양해 좀 부탁드리겠습니다!"

"……?"

기자들은 어리둥절한 표정으로 서로를 바라보았다.

방금 그 말이 틀린 말은 아니었다.

오히려 아주 맞는 말이긴 했지만.

'쟤 왜 저래? 석형우 맞아?'

'혹시 석 선배의 탈을 쓴 헌터 아닐까요?'

'뭘 잘못 먹었나? 왜 매니저 노릇을 하는 거야?'

게이트 탐사 기자로서 날카로운 기사를 써내기로 유명한 석형우의 입에서 나올 말이 아니었던 것이다.

그의 됨됨이를 알고 있던 한국인 기자들은 모두 당황할 수밖에 없었다.

하지만 석형우는 아랑곳하지 않았다.

"자, 그럼 다들 내일 뵙겠습니다. 가시죠, 백수현 마스터."

"예."

"……허."

최원호를 극진히 모시고 사라지는 그의 뒷모습을 기자들은 멍하니 지켜볼 수밖에 없었다.

❧

나는 석형우와 함께 숙소로 돌아왔다.

옆에 앉으라고 하지도 않았는데, 석 기자는 나에게 달라붙어 와글와글 떠들어 댔다.

"언론 대하시는 건 앞으로 저한테 다 맡기시면 됩니다. 제 전문 분야니까 필요한 건 다 말씀하십쇼, 마스터."

"아직 결정한 거 아닙니다만."

"제가 하는 거 보고 결정하시기로 하셨잖습니까? 그러니까 최선을 다하는 거죠."

피곤이 한꺼번에 몰려와서 나는 그냥 대충 고개를 끄덕이고 말았다.

석형우는 싱긋 웃으며 물러났다.

"좀 쉬시죠. 필요하면 불러 주십시오."

"……예."

이집트로 날아오던 비행기에서 내가 보았던 사람은 어디 갔을까.

그땐 멋대로 나와 헌터들을 헤집고 다니며 귀찮게 굴던 인간이었는데 말이다.

'클로저스에 합류하고 싶다는 게, 정말 진심인 모양이군.'

벤테시오그의 도움으로 영원 모래 미로를 빠져나오던 그 순간.

석형우 기자는 나에게 당황스러운 제안을 하나 던졌다.

-클로저스에 언론 담당자 필요하지 않으십니까? 괜찮

으시면 제가 맡아서 해 보고 싶습니다. 어떠십니까? 연봉은 별로 안 주셔도 됩니다. 깎으라고 하시면 깎을 수도 있습니다!

당황스럽게도 클로저스 클랜에 들어와서 언론 대응 업무를 맡고 싶다며 자신을 채용해 달라고 강짜를 부린 것이었다.

'아직 세컨드 헌터도 없는 상황에 무슨 언론 담당자?'

정말 아무런 생각이 없었던 나는 그저 생각해 보겠다고 했다.

그런데 석형우는 자신의 필요성을 어필하겠다며 나의 임시 홍보 담당자로 나선 것이었다.

뭐, 덕분에 편하긴 했다.

가뜩이나 피곤한 상황에서 벌 떼같이 달려드는 기자들에 머릿속이 아득해질 뻔했는데, 석형우는 능숙하게 그들을 다루어주었다.

'흠, 홍보팀을 만들어 두는 게 나쁘지 않은 생각인 것 같기도 하고.'

하지만 내 실력을 보고서야 뒤늦게 태도를 바꾸는 그 꼬락서니가 좀 얄밉기도 했다.

어쨌거나 천천히 생각해 볼 문제였다.

'어차피 신우와 한국 팀 헌터들이 다 나올 때까지는 좋으나 싫으나 여기 있어야 하니까.'

기자들과 기 싸움하는 것쯤이야 대수롭지 않은 일이었다.

그보다도 나에게는 훨씬 더 중요한 일이 남아 있었다.

바로 이 '영원 모래 미로' 게이트에서 얻은 모든 보상을 정리하는 작업.

아무리 해도 질리지 않는 정산의 시간이었다.

지독한 환상을 보여 주었던 4구획을 마지막으로 '영원 모래 미로'의 모든 과정이 완결되고, 게이트 출구를 빠져나오던 그 순간.

내 눈앞으로 수십 개의 시스템 메시지들이 한꺼번에 떠올랐다.

[알림 : 모든 구획에서의 성적이 종합적으로 합산되고 있습니다.]

[정보 : 고난도 코스를 선택한 구간에서 시간 압축 현상이 적용됩니다.]

[정보 : 모든 코스를 선지정하여 시간 압축 현상이 중복으로 적용됩니다!]

[안내 : 잠시만 기다려 주십시오…….]

내가 각 구획에서 기록한 성적들이 하나로 종합되어 집계

되기 시작한 것이다.

보상의 수준과 규모는 의심할 필요가 없는 것이었다.

[업적 : 7일의 벽을 무너뜨렸습니다!]

[업적 : 이 세계에서 처음으로 이뤄 낸 성적입니다!]

[안내 : 방대한 보상이므로 일괄적으로 합산되어 지급됩니다.]

전 세계 헌터들이 불가능하다고 여겼던 7일의 벽까지 깨트렸으니.

나에게 주어지는 보상은 이 세계의 누구도 만나보지 못한 것일 수밖에 없었다.

'심지어 보상뿐만 아니라 각 구획에서 얻어 낼 수 있는 경험치까지 최대한으로 뽑아냈지.'

단언하건대 이 영원 모래 미로를 나보다 알차게 우려내는 것은 불가능했다.

보상 내역을 곧바로 확인하고 싶었지만 석형우와 기자들 때문에 잠시 지체되었다.

이제 그 내용을 확인할 차례였다.

[보상 : 영구적인 업적을 남긴 보상으로 'S등급 아티팩트 추첨권'을 획득했습니다!]

첫 번째로 받은 것은 'S등급 아티팩트 추첨권'이었다.

A등급까지는 간혹 지뢰처럼 쓸데없는 것들이 나오기도 했지만, S등급부터는 뭐가 나오더라도 그럭저럭 쏠쏠하게 쓸 수 있다.

즉, 검증된 즉시 전력 감의 아티팩트들.

'혹시 철만 아저씨가 필요로 하신다면 재료로 쓰시라고 드릴 수도 있고.'

어차피 나에게 장비는 부차적인 요소였다.

추첨에서 S등급 무기가 나온다면 마다하지 않겠지만, 그보다 해청의 검신을 수리하는 것이 먼저였다.

아니지.

혹시 그럭저럭 쓸 만한 검이 나온다면…….

'차라리 네 영혼을 새로운 몸으로 옮겨 담는 게 나을지도 모르겠다. 이젠 영혼의 격이 올라갔으니까 어지간한 마법검에게도 밀릴 일 없을 거고.'

-우와, 그런 것도 가능해? 새로운 몸이라니! 게다가 마법검? 완전 기대되는데!

'너무 기대하진 말고. 어차피 검이 생겨야 가능한 일이니까.'

그리고 두 번째 보상.

[보상 : 1구획에서 대단한 업적을 남긴 보상으로 칭호 '이벤트를

지배하는 자'가 복구됩니다!]

　[보상 : 2구획에서 놀라운 업적을 남긴 보상으로 칭호 '고생은 사서 해야 제 맛'이 복구됩니다!]

　[……]

바로 업적 칭호들이었다.

총 다섯 개의 칭호.

　〈이벤트를 지배하는 자〉.

　〈고생은 사서 해야 제 맛〉.

　〈미치광이 폭주족〉.

　〈환상 속의 그대〉.

　〈모래 미로의 정복자〉.

　차례대로 각 구획의 공략 보상과 종합 보상이었는데, 사실 모두 내가 야수계에서 획득한 적 있는 것들이었다.

　'거의 미친놈이나 다름없는 기행을 벌이면서 모래 미로를 공략해야만 얻을 수 있는 보상들이지.'

　칭호들의 상승효과가 한꺼번에 복구된 결과, 어마어마한 보너스 스탯이 스테이터스에 적용되었다.

　[정보 : 지력과 의념에 +2만큼 보너스가 주어집니다.]

[정보 : 근력과 체력에 +4만큼 보너스가 주어집니다.]

[정보 : 민첩에 +3만큼 보너스가 주어집니다.]

[정보 : 마력에 +7만큼 보너스가 주어집니다.]

[정보 : 모든 스탯에 +3만큼 보너스가 주어집니다.]

칭호 보너스로만 무려 40포인트를 받아 챙긴 것이다.

그렇지 않아도 '신의 그릇'을 얻으면서 적용된 강력한 버프 덕분에 레벨과는 전혀 어울리지 않는 규모의 스탯을 자랑하고 있던 참이었다.

.여기에 다시 몇 단계가 추가되었으니…….

'갑자기 스탯이 반으로 깎이더라도 동급은 압살할 수 있겠는데?'

단지 이것만으로도 모든 휴식을 거르고 게이트 공략에 매달린 보람이 있다고 할 수 있을 정도였다.

하지만 본론은 아직 시작되지 않았다.

이 거대한 게이트의 역대 1위이자, 7일의 벽을 깨버린 업적의 진정한 보상은 따로 있었다.

[안내 : 경험치 보상이 합산되어 제공됩니다.]

[보상 : 그 누구도 범접할 수 없는 경이로운 족적을 남긴 보상으로 '가늠할 수 없이 막대한 양의 경험치'가 주어집니다!]

말 그대로 막대한 경험치가 나에게 쏟아진 것이다.

눈앞으로 떠오르는 레벨 업 메시지들은 언제 봐도 질리지 않았다.

[알림 : 레벨이 올랐습니다!]
[알림 : 레벨이 올랐습니다!]
[알림 : 레벨이 올랐습니다!]
[알림 : 레벨이 올랐습니다!]
[……]

워낙 많이 뜬 탓에 몇 개인지 일일이 셀 수도 없을 정도였다.

그러니까.

"일괄 확인."

대신 나는 스테이터스를 열어 이번 레벨 업의 성과를 확인할 수 있었다.

〈스테이터스〉

[최원호]

레벨 : 296(-221) → 75

칭호 : 신의 그릇(전체 +6), 모래 미로의 정복자(전체 +3), 환상 속의 그대(마력 +7), 고생은 사서 해야 제 맛(근력, 체력 +7)…….

레벨 75.

애초에 영원 모래 미로에 들어오면서 목표했던 최소치는 레벨 60이었다.

그보다도 무려 열다섯 계단을 더 뛰어오른 셈이다.

'목표는 초과 달성.'

당연히 기꺼운 일일 수밖에 없었다.

이제는 신인류의 간부들도 내 존재를 인지하고 있는 상황.

높게 뛰어오를수록 상대를 밟아 터트리는 것도 수월해지는 법이었으니까.

레벨 업에 따라 들어온 스탯 보너스는 곧바로 분배되었다.

[전투력 평가]

근력 : 60   의념 : 43

민첩 : 43   마력 : 50

체력 : 42   신성 : 26

지력 : 42

신성을 제외한 스탯 합계가 280점이 되었다.

이 과정에서 나는 되도록 모든 스탯을 골고루 분배하려 했다.

그러나 근력과 마력만큼은 예외였다.

이제 고등 권능을 사용하게 될 터.

스탯 간의 비율 조정에 신경을 기울일 필요가 있었다.

'전투력을 최대한으로 끌어 올리면서도 그걸 오랫동안 유지하기 위해서는 무력과 마력이 특히 중요하니까.'

설원 검치호의 사냥술과 해결사 황소의 뿔.

내 신체를 확연하게 변이시키며 한 차원 높은 파괴력을 발휘할 수 있는, 대표적인 고등 권능들이었다.

'여기서는 근력과 민첩을 6 대 4로. 마력은 최소 50까지는 찍어 둬야 최대 효율을 낼 수 있어.'

스탯 비율의 최적화를 염두에 두고 보너스 분배를 진행한 결과였다.

이제 SSR급 헌터들과 맞붙더라도 밀릴 일은 없을 것이다.

올노운을 위시한 세븐 스타즈 역시 그리 멀리 있지 않으리라고 자신할 수 있었다.

하지만 고작 이 정도로 만족할 생각은 없었다.

어차피 내 목표는 인간계 헌터들의 눈높이가 아니었으니까.

'300에 가까운 원래 레벨을 되찾는 것.'

그리고 이 세계에서도 모든 게이트를 닫아서, 새로운 거신의 조각을 얻어 내는 것이 애초 나의 목표였다.

그래야 영하 누나를 되찾을 가능성을 조금이라도 엿볼 수 있었다.

그런데 여기에 한 가지가 추가되었다.

'4구획의 환상 속에서 보았던 아버지, 어머니의 이야기를 확인하는 것…….'

2002년 러시아 시베리아에서 EX급 게이트가 역류했고, 게이트에서 쏟아져 나온 악마종들이 러시아를 장악하고 어머니를 비롯한 '차원 과학자'들을 압송해갔다는 것.

이 사실을 확인해 봐야만 했다.

'이건 빠르면 빠를수록 좋겠지.'

나는 곧바로 스마트폰을 집어 들었다.

"여보세요. 이코? 어, 나야."

-오오! 모래 미로 끝났냐? 어떻게 됐어? 잘 끝났어?

"응, 아주 잘 끝났어. 자세한 건 나중에 말해 줄게. 그보다 급하게 해 줘야 할 일이 생겼어."

-급하게 할 일? 뭔데?

나는 반색하는 이코에게 거두절미하고 본론을 말했다.

"2002년에 러시아 시베리아에서 열린 게이트들을 좀 알아 봐 줘."

-뭐? 갑자기 2002년? 그땐 게이트 사태 초창기라서 자료도 별로 없을 텐데? 뭔데 그래?

"그게 말이지, 거기서 EX급 게이트……."

말을 이어가던 나는 입을 꾹 다물었다.

문득 이런 생각이 든 탓이었다.

'악마종이 러시아 정부 고위층들을 장악하고 군부까지 좌

지우지할 정도로 스며들었다면, 그 게이트 관련 정보에 덫을 파 두었을 수도 있어.'

때문에 이코에게 직접적으로 EX급 '대악마의 흑색 지옥' 게이트를 언급하는 것은 거꾸로 위험을 초래할 확률도 있었다.

즉, 역추적을 당할 가능성.

이코는 헌터가 아닌 일반인이니 더욱 주의해야만 했다.

그러니까 이렇게 해 보자.

"……이코, 비밀리에 EX급 게이트가 역류했다면 어떻게 될까? 시베리아에서 말이야. 그 부분에 대해 조사해 봐."

-뭔 헛소리야? 인마, EX급이 어떻게 비밀리에 역류해? 말이 돼?

"말이 안 되지만 그렇게 가정을 하고 조사해 보라고!"

-아니, 뻔히 말이 안 되는데 가정을 왜 해?

"시끄러! 다 널 위해서야! 그렇게 해!"

-이 자식이 모래 미로에서 상한 육포라도 처먹었나…….

"그리고 정보 조사하다가 조금이라도 이상하면 무리하지 말고 발 빼. 나한테 다 이야기하고. 알겠냐?"

-뭐지? 뭐가 있긴 있나 보네? 쩝, 일단 알았어. 서울에서 보자.

"그래."

이코와의 통화가 끝났다.

다음으로 내 머릿속에 떠오른 이름은 바로 '김서옥'이었다.

4구획의 환상 속에서 존 메이든과 함께 등장했던 여헌터.

당시는 그녀가 대한민국 차원통제청의 청장이 되기 전의 시점이었지만, 분명 뭔가를 알고 있으니 존 메이든과 함께할 수 있었을 것이다.

'그리고 다른 헌터들도 적잖이 동원되었다.'

분명 어떤 식으로든 우리나라에도 흔적을 남겼으리라는 것이 나의 추측이었다.

러시아 쪽을 털어보는 것과 함께 김서옥과 차원통제청 측을 조사하는 것도 필요한 상황.

하지만 이 일은 누구에게 맡기기가 참 애매했다.

'채윤기 조사관이나 유광명 대변인은 차원통제청 내부인이니까 모든 걸 다 털어놓고 협조를 받기는 어려울 테고…….'

윤동식 마스터? 글쎄…….

백십자 클랜과 그 수장의 영향력이 세긴 해도, 차원통제청의 내부 사정을 캐낼 정도로 강력한 끗발까지는 아니었다.

'그럼 철만 아저씨의 도움을 받아야 하나?'

세븐 스타즈까지 섭렵하고 있는 아저씨의 인맥이라면 뭔가 캐낼 수 있을지도 모른다.

하지만 위험 부담이 컸다. 은둔하다시피 한 아저씨를 세상에 드러내면서 악마종을 뒤쫓는 일이었으니 말이다.

놈들의 존재가 환상이 아닌 사실이라면 최대한 방어적으로 접근해야만 했다.

'쯧, 올노운의 부재가 새삼 아쉽네.'

이 일의 적임자는 역시 올노운이었다.

나에게 호의적이기도 했거니와, 그는 대한민국 1위 클랜의 수장으로서 차원통제청과 접점이 많고 받아 낼 것이 많은 사람이었다.

분명 큰 도움이 될 수 있었을 것이다.

하지만 지금은 병원에 누워 있는 신세.

그렇다면…….

'결국 그 사람을 통하는 수밖에 없겠군.'

올노운만큼 강력한 영향력을 가지고 있는 클랜 마스터.

그리고 갑자기 돌발 상황이 벌어지더라도 충분히 대처할 수 있는 유능한 헌터.

천재 마법사, 정석진.

이스케이프 클랜의 마스터 헌터.

한국 랭킹 3위의 SSR급 헌터의 도움을 구하자는 생각이었다.

여담이지만 그는 내가 차원 역류에 휘말리기 전에 몸담았던 클랜의 수장이기도 했다.

블랙핑거 클랜의 전대 마스터인 심혁필이 그의 아티팩트를 훔치면서 만들어 준 인연 덕분에 조만간 만나게 될 예정이었다.

그 양반이 내 뜻대로 움직여 줄지는 모르겠지만.

"……일단 부딪쳐 봐야겠지."

나는 상념을 접어두고 숙소 창밖으로 보이는 게이트를 바라보았다.

그리고 다음 날 저녁.

"이 몸, 등장!"

'저건 또 무슨 애니를 본 거야?'

여동생이 환호를 올리며 게이트 바깥으로 튀어나왔다.

신우는 10위라는 자신의 성적에 잔뜩 고무된 얼굴이었다.

그리고 녀석을 시작으로 한국 팀 헌터들이 하나둘씩 나타나기 시작했다.

게이트 주변에 모여 있던 기자들 사이에서는 술렁거림이 일어날 수밖에 없었다.

"뭐, 뭐야? 어떻게 이렇게 빨리……?"

"설마 한국 팀 전원이 로열 로드를 통과했다는 건가?"

"근데 진재욱 헌터의 모습이 보이지 않는데?"

때가 되었다.

나는 석형우 기자를 앞세우고 기자단 앞으로 나아갔다.

"자, 지금부터 한국 팀 브리핑을 시작하겠습니다."

초대받은 뉴비

주간지 '게이트 저널'의 편집장을 맡고 있는 여선영 기자.

그녀는 한국 기자단의 리더 격이었는데, 지금은 잔뜩 인상을 찌푸린 채 앞을 노려보고 있었다.

좀처럼 이해하기 어려운 상황이 연속되고 있었던 탓이다.

"1구획에서 3국 헌터들 사이에서 분쟁이 일어났고, 결국 뿔뿔이 흩어져 공략을 진행하게 됐습니다. 일본 측 헌터들이 3구획에서 재등장하여 우리 측과 대립하기도 했습니다만, 힘겨루기 끝에 포위망을 돌파해서 좋은 성적을 기록할 수 있었습니다. 운이 좋았다고 할 수 있겠지요."

"……."

지금 '영원 모래 미로' 게이트의 공략에 대해 브리핑을 하고 있는 사람은 특무조장 백수현이 아니었다.

오히려 저쪽이 아니라 이쪽에 앉아 있어야 할 인물.

'석형우! 저 자식이 대체 왜 저러고 있는 거야?'

석형우 기자가 마치 대변인처럼 나서서 조잘거리고 있었던 것이다. 그런데 정작 '백수현'은 그저 입은 다문 채 기자들을 오시하는 것으로 존재감을 뿜어내고만 있었다.

여선영은 이 상황을 이해할 수가 없었다.

'석 기자가 대체 무슨 바람이 불어서?'

그는 질문을 받는 쪽이 아니라 하는 쪽이 되어야만 했다.

그리고 무엇보다 이 브리핑!

"……아, 4구획 공략에 대해서는 딱히 드릴 말씀이 없습니다. 저는 최선을 다해서 백수현 마스터와 동행하려고 노력했습니다만 불가피하게 낙오했고, 백수현 마스터는 직접 겪은 코스 내용에 관해서 노코멘트 하겠다고 결정하셨습니다. 이에 양해해 주시기 바랍니다."

'젠장, 브리핑에 알맹이가 하나도 없어.'

그야말로 '열심히 자알 했더니 운 좋게 자알 풀렸다'라는 브리핑.

이딴 식이라면 날카로운 기사를 쓸 수가 없었다.

어떻게 좀 해 보라는 후배 기자들의 시선에 옆통수가 따가울 지경이었다.

하지만 정말 방법이 없었다.

'저 자식이 하나마나 한 소리를 줄줄 늘어놓으면서 질문을 원천봉쇄하고 있으니……'

"제가 옆에서 동행하며 지켜본 바, 백수현 마스터는 뛰어난 기동력과 완벽한 전투력으로 게이트 내부 장애물을 차례로 극복했습니다. 특히 3구획에서는……."

석형우의 혓바닥은 모터가 달린 것처럼 신나게 움직이고 있었지만, 영양가가 전혀 없는 것이었다.

여선영 편집장은 상대만큼이나 업력을 쌓은 기자로서 이 수법의 위력을 잘 알고 있었다.

'진짜 미치고 팔짝 뛸 지경이네.'

여러모로 미심쩍은 상황이기도 했다. 뭔가 숨기는 게 있긴 있는데, 전혀 오픈하지 않겠다는 뜻이었으니까.

'대체 뭘 감추고 있는 거지? 안에서 무슨 일이 있었던 거야?'

궁금하면서도 치욕적인 기분이었다.

'이러려고 온 이집트가 아닌데.'

'이대로라면 광고주의 입맛을 맞출 수가 없는데.'

'뭐라도 물고 늘어질 게 있어야 하는데!'

한국 기자들은 야망과 욕망 속에서 입술을 잘근잘근 씹고 있었다.

물론 모두가 그런 것은 아니었다.

"2구획에서 모든 미니 게이트를 공략했다고 하셨는데, 그 부분을 조금만 더 자세히 들을 수 있을까요?"

"3구획에서 심각한 감각 방해를 받으셨을 텐데, 어떻게 에 어바이크를 무사히 운전하실 수 있었습니까?"

"예, 답변 드리겠습니다."

몇몇은 제시된 틀 안에서 나름대로 취재를 진행하며 최원호와 특무조가 영원 모래 미로 안에서 거둔 성과를 정확하게 보도하기 위해서 노력하기도 했던 것이다.

사뭇 기이한 분위기 속에서 브리핑이 진행되고 있던 그때.

"(우리도 질문 있습니다!)"

"(질문할 시간을 주십시오!)"

번쩍 손을 들며 중국과 일본 기자들이 각자의 언어로 끼어들었다.

눈치를 보고 있던 한국 기자들이 반색했다.

최원호와 석형우가 숨기고 있는 정보가 공개되지 않을까, 하는 희망을 작게나마 가져 본 것이었다.

하지만 석형우는 엄중한 목소리로 말했다.

"온리 잉글리시, 플리즈."

영어만 쓰시오.

그러자 중국과 일본 기자들의 표정이 와락 일그러졌다.

취재 현장에서 통용되는 암묵적인 룰이 깨졌다는 생각 때문이었다.

기자는 자국어로 질문하고, 브리핑하는 헌터가 통역을 통해서 다시 그 언어로 대답하는 것.

자국어 우선주의는 국제 게이트 공략 브리핑에서 통용되는 암묵적인 룰과도 같았다.

특히 중국이나 일본처럼 상대적으로 큰 국가에 소속된 기자들에게는 당연시되는 규칙이기도 했다.

하지만 최원호는 그것을 초장부터 꺾어 놓았다.

석형우에게 따로 이야기를 해 둔 결과였다.

-중국과 일본에서 치고 들어오면 영어 사용을 기본으로 깔고 시작하세요. 절대 양보는 없습니다.

-알겠습니다.

취재를 하고 싶으면 숙이고 들어오라는 뜻이다.

기선 제압 따위를 노리는 것이 아니라, 눈높이의 차이를 각인시켜 주는 의미였다.

중일 기자들은 그 속내를 알아차렸는지, 분위기가 자연스럽게 험악해졌다.

"(이 무례한 조선인이!)"

"(소국의 헌터답군! 옹졸해!)"

"온리 잉글리시!"

일말이나마 기대를 가졌던 한국 기자들이 뜨악할 정도로 흉험한 분위기가 되고 말았다.

하지만 최원호는 느긋한 눈빛으로 상황을 지켜보고 있었다.

'어제는 피곤해서 신경질을 좀 내긴 했지만, 오늘은 아니거든.'

체력은 이미 다 회복되어 있었다.

헌터 출신 기자들 몇 사람이 투기를 드러내는 것?

그래 봐야 최원호에게는 일반인이나 다름없는 수준이었다.

어울려 주고 싶어도 도저히 그럴 수가 없는 허접한 기 싸움이었다.

무엇보다도 칼자루가 이쪽에 있었다.

"석 기자님."

"예, 마스터."

"그 이야기를 시작하시죠. 히카리 헌터와 진재욱 헌터 말입니다."

"알겠습니다."

두 사람의 입에서 익숙한 이름이 언급되자 순간 정적이 흘렀다.

히카리는 일본 헌터계에서 아이돌 취급을 받는 여헌터였고, 진재욱 역시 유명 클랜 마스터의 혈족이었다.

한일 기자들에게는 반드시 기사로 다루어야 하는 중요한 인물들이었다.

중국 기자단에서도 라오웨이가 이끄는 자류단이 히카리의 은양성을 제압했는지 궁금해하는 실정이었다.

그런데 세 사람 모두 1구획 이후로 스코어보드에 이름이 나타나지 않고 있는 상황.

'백수현은 분명 뭔가 알고 있다.'

기자들은 그의 입에서 무슨 이야기가 나올지 촉각을 곤두세울 수밖에 없었다.

그런데 폭탄 같은 통보가 튀어나왔다.

"히카리 헌터가 진재욱 헌터를 살해했습니다."

"……예?"

"히카리 헌터가 진재욱 헌터를 살해했다고 말씀드렸습니다."

"그게 무슨……?"

"네 번은 말하지 않겠습니다. 일본의 히카리가 한국의 진재욱을 살해했습니다. 순위 경쟁에서 고지를 점할 목적으로 말입니다."

한국 기자들이 쩍 벌렸다.

그때 최원호의 말을 석형우가 영어로 옮겨서 다시 말했다.

복잡할 것도 없었다.

"히카리 머덜드 진재욱. 포 허 오운 베네핏."

"……!"

자신의 이익을 위해 다른 헌터를, 그것도 타국의 헌터를 죽였다는 이야기.

영원 모래 미로에서 종종 일어나는 사건인 동시에, 당사자는 물론 소속 국가에게도 크나큰 불명예가 되는 일이었다.

의혹이 사실로 드러난 경우에는 이집트에서 공식적으로 문제 제기를 하고, 세계 클랜 협의회에서 양측을 중재하게 된다.

당연히 가해자와 소속 국가가 배상을 하는 구조였다.

그것을 알고 있는 일본인 기자들은 즉각 반발했다.

"(말도 안 되는 소리 하지 마!)"

"(증거를 가져오십시오!)"

"(어디서 그딴 모함을……!)"

그들은 서툰 영어와 일본어로 고래고래 소리를 지르며 삿대질을 하기 시작했다.

최원호는 피식 웃었다.

'증거가 있어도 안 믿는 게 섬나라 종특 아닌가.'

그래도 증거를 요구하는 것 자체는 합당한 일이었다.

최원호는 최신우를 향해 눈짓을 보냈다.

"보여 줘."

"응."

[스킬 : '심층 기억 제어'.]

사물에 담긴 기억을 읽어내고 그것을 다시 외부로 표면화하여 보일 수 있는 고위급 정신계 마법.

무진 그룹의 클랜 하우스가 공격당하여 주저앉았을 때 정보를 발굴해 냈던 그때처럼, 최신우는 허공에다 영상을 펼쳐

냈다.

기억을 뽑아낸 대상은 바로 진재욱이 걸치고 있던 가죽 갑주였다.

스걱!

히카리의 손짓을 따라 날아온 삭풍의 칼날에 진재욱의 머리통이 뚝 떨어져 나가는 모습이 여과 없이 재생되었다.

기자들 사이에서 비명이 터져 나왔다.

"허억!"

"세, 세, 세상에!"

"(저게 정말이야?)"

"(거짓말이야아아아!)"

히카리가 진재욱을 참살하는 이 장면은 최원호 역시 처음 보는 것이었다.

그는 쓴웃음을 지었다.

'이미 이야기는 들었지만 직접 보니까 또 다르네. 아주 기분이 더럽고 찝찝해.'

순위 경쟁에서 우위를 점하기 위해 다른 헌터를 살해한다.

도무지 이해할 수 없고, 이해하고 싶지도 않은 일이었다.

신인류라서 그렇게 행동할 수 있었던 것일까?

'그나저나 신우의 기억 제어가 엄청나게 선명해졌어. 해상도가 몇 단계는 올라온 것 같은데.'

당연히 레벨 업 덕분이었다.

오빠만큼은 아니었지만 최신우 역시 엄청난 양의 경험치를 획득한 결과였다.

그가 잠시 여동생을 향해 대견한 눈빛을 보내고 있던 그때.

"……댓 워스 패브릭케이티드 메모리!"

"그건 조작된 기억이었다고 하는군요."

일본인 기자들 사이에서 날카로운 눈빛을 가진 남자 한 사람이 일어나면서 던진 말이었다.

최원호는 긍정도 부정도 하지 않았다.

예상했던 반응이었기에 고요한 눈으로 상대를 바라보고 있을 뿐이었다.

그러자 일본인 기자는 살짝 질린 얼굴로 물러나며 몇 가지를 더 말했다.

"음, 일본 측에서 먼저 이집트 정부와 세계 클랜 협의회에 공정한 조사를 요청할 것이며…….."

"일본인들은 100% 그에 따를 준비가 되어 있다고 합니다."

"만약 사실이 아닌 것으로 드러날 경우에는 한국과 차원통제청이 상응하는 책임을 져야 할 거라고 하네요."

"책임이라…….."

제 할 말을 마친 그 기자는 사뭇 단호한 얼굴로 브리핑 장소를 빠져나갔다.

그러자 잠시 망설이던 일본인 기자단 전체가 남자를 따라 우르르 몰려 나갔다.

남아 있는 한국과 중국의 기자들은 방금 보고 들은 것을 어떻게 기사로 옮겨야 할 것인지 당혹감에 빠질 수밖에 없었다.

그렇게 분위기가 어수선해진 가운데, 최원호는 석형우에게 작게 말했다.

"방금 그 일본 기자 이름과 소속부터 좀 알아보세요. 위험할 수 있으니까 깊게 파진 마시고."

"예, 바로 움직이겠습니다."

석형우 역시 뭔가 냄새를 맡았다는 표정이었다.

그건 부자연스러움이었다.

생각해 보면 간단했다.

'같은 일본인으로서 히카리가 누명을 썼다고 생각하면서 옹호하는 정도야 충분히 그럴 수 있는 일이지만……. 다짜고짜 일을 키운다? 이건 아주 어색하단 말이지.'

무고함을 증명하는 첫 단계가 무엇이겠는가?

바로 본인이 직접 나서는 것이다.

히카리가 스스로 나서서 억울함을 토로하는 것이 방어와 반격의 첫 단추가 되어야만 했다.

그러므로 일본 측에서는 히카리가 모래 미로에서 돌아오기를 기다렸다가 대응하겠다고 행동을 유보하는 것이 자연스러웠다.

'……하지만 그게 아니었어.'

일본인 기자는 마치 히카리가 돌아오지 못하리라는 사실

을 알고 있다는 듯이 조사 요청부터 언급했다.

히카리가 신인류 조직원으로서 무왕에게 이용당하고 처참하게 죽었다는 이미 알고 있다는 것처럼.

마치 한국 측을 윽박질러서 입을 막겠다는 것처럼 보일 정도였다.

최원호와 석형우는 바로 그 지점을 잡아냈다.

'게이트 기자들 사이에 신인류가 숨어 있을 가능성도 충분히 있지.'

그러니 차근차근 대응해야만 했다.

하지만 이런 그들의 사정을 알 리 없는 기자들은 당황스러운 눈으로 장내를 지켜보고 있었다.

중국 측에서 손을 들어 올린 것은 바로 그때였다.

"(백수현 마스터, 우리 중국의 라오웨이 헌터는 어떻게 됐는지 알고 계십니까?)"

"(부디 아는 게 있다면 말씀해 주시기 바랍니다.)"

한바탕 격랑이 지나가고 사뭇 공손해진 태도의 질문들.

최원호는 석형우에게 눈짓했고, 대변인은 정해진 대로 충실히 답변했다.

"우리도 모릅니다. 조금 더 기다려 보시죠."

라오웨이와 자류단의 헌터들은 1구획에서 섣부르게 대결을 걸었다가 돌발 이벤트에 걸려 낙오되었다.

하지만 최원호는 그 음험함을 고발하지 않았다.

오히려 중국인들을 따로 이용할 계획을 세웠으므로 그들에 관한 말을 아껴 두기로 결정한 것이었다.

❧

　"팔은 좀 괜찮습니까? 그 '재생 기능'이 꽤나 피를 많이 소모한다고 들었습니다만."

　"……."

　무왕이 짙푸른 어둠을 대면하고 있었다.

　상대는 짐짓 걱정하는 듯했지만 사실은 명백히 비웃고 있었다.

　"가끔 그런 생각이 듭니다. 당신이 이름을 바꿔 둬야 하지 않을까 하는……. 도무지 '무왕'이라는 이름값을 못하잖아요?"

　하지만 무왕은 대꾸하지 않았다.

　그보다는 어둠을 향해 저벅저벅 걸어갔다.

　"백수현이라는 놈에 대해서는 알아보았나?"

　"물론이죠. 당신과 달리 저는 우리 세계에 대해 모르는 게 없거든요. 흐흐."

　"이리 내."

　무왕은 긴 팔을 휙 내밀어서 어둠을 휘저었다.

　그러자 어둠 속에서 낡아 빠진 책 한 권이 툭 떨어졌다.

　낚아챈 무왕은 빠르게 책의 페이지들을 넘기기 시작했다.

그의 눈에 이채가 스쳤다.

"본명은 최원호……?"

"4년 전, 그 나라에서 차원 간섭 현상에 빠졌던 전력이 있는 N등급의 헌터라고 하더군요. 그간 행적이 없었는데, 얼마 전에 다시 나타났고 말입니다."

"그럼 차원 간섭을 극복하고 살아서 되돌아왔다는 건가?"

"네, 그렇다고 봐야겠죠."

"흐음…….'

무왕은 침음을 흘리며 페이지를 다시 넘겼다.

그리고 또 한 번 흥미롭다는 눈빛이 되었다.

"이봐, 이건 뭐야? 아까 지구에 대해서는 모르는 게 없다고 네 입으로 말하지 않았나?"

"그랬죠."

"그런데 최원호의 아비와 어미에 대해서는 알 수 없다? 이들은 지구의 인물이 아니기라도 하다는 말이냐?"

그러자 상대는 잠시 침묵했다.

어둠을 꿰뚫고 자신을 물끄러미 바라보는 무왕의 눈길에 그는 낮은 웃음을 터트렸다.

"아는지 모르겠는데, 당신에게 한 방을 먹인 그 헌터의 나라에는 이런 말이 있습니다."

"……?"

"소 뒷걸음에 쥐 잡는다. 방금 당신이 한 말이 바로 그랬습니다, 무왕. 흐흐흐."

조롱의 의미가 명백했지만 무왕은 이번에도 대응하지 않은 채 설명하라는 의미를 담아서 침묵했다.

상대는 기분 나쁜 웃음을 뚝 그치며 말했다.

"반은 맞고 반은 틀렸습니다. 그들은 지구의 인간이었지만 지금은 그렇지 않습니다. 그러므로 정보를 확인할 수 없었습니다. 제가 무능한 것은 아니라는 말입니다."

"네가 무능하다는 말 따위는 하지 않았다."

"하지만 그렇게 들렸죠."

무왕은 다시 한번 상대를 무시했다.

그리고 책을 넘기며 고개를 끄덕였다.

"놈에게 약점이 많군. 최원호의 주변인들을 찍어 내면서 흔들어야겠어. 올노운에게 그랬듯이 말이야."

"아, 그러다가 연약해지면 면전에서 생체 폭발을 터트릴 거고요?"

"물론."

"그거 악취미입니다. 그냥 정면으로 쳐서 죽이면 안 되나요?"

"내가 악취미를 즐기면 안 될 이유가 있나?"

"음, 그건 그러네요."

무왕은 책을 덮어서 어둠 속으로 휙 내던졌다.

그러자 하얀 손이 불쑥 튀어나와서 그것을 받아 냈다.

하얀 손은 책의 상태를 이리저리 살펴보더니 그것을 조심스럽게 어둠 안쪽으로 끌어당겼다.

"아직 쓸 여백이 많은 책입니다. 조심해서 다뤄 주시길."

"내가 그놈을 죽이면 더 이상 찾을 일이 없는 책이다."

"그야 가 봐야 아는 일입니다. 최소한 우리의 예언자께서 정한 지침을 어기지는 마십시오. 무왕, 그땐 정말로 대가를 치르게 될 겁니다."

새로운 도발에, 무왕이 처음으로 반응을 보였다.

"……이봐, 이사장."

잔뜩 가라앉은 목소리로 마치 으르렁거리는 맹수가 된 듯이 입을 연 것이다.

그는 '이사장'이라고 부른 상대를 향해 무시무시한 살기를 여과 없이 드러냈다.

"너야말로 예언자님의 의도를 넘겨짚지 마라. 그분의 숭고한 의지를 멋대로 대변하지 말라는 말이다. 그 잘난 아가리를 위아래로 찢어발겨지고 싶지 않다면 말이다. 알겠느냐?"

"……."

이번에는 이사장이 대꾸하지 않았다.

어둠 속에 모습을 감춘 그는 아무런 말없이 무왕을 바라보았다. 그러고는 딱 한차례 피식 웃은 뒤.

"아무래도 다음에 이 책을 빌리는 사람은 당신이 아닐 것 같군요. 제발 이름 값 좀 하시길 바라겠습니다. ……무왕?

대체 어디가 무의 왕이라는 건지. 쯧!"

"……!"

사실상 모욕에 가까운 말을 쏘아붙이더니 어둠을 거두면서 휙 사라져 버린 것이었다.

그렇게 홀로 남은 무왕은 뒤늦게 작게 뇌까렸다.

"최원호라는 놈을 정리하고 나면 저놈의 뼈를 추려서 탕을 끓여야겠군. 그리고 밥을 말아서 개들에게 줘야겠어."

돌아선 그가 어딘가를 향해 말했다.

"백작, 당신에게 러시아의 '작업'을 맡기겠다. 나는 당분간 한국에서 지낼 테니 찾지 말도록."

돌아오는 응답은 없었다.

하지만 무왕은 잘 부탁한다는 의미로 가볍게 고개를 끄덕인 뒤 그곳을 떠났다.

⌵

최원호가 비행기를 타고 한국으로 돌아오고 있을 때, 전 세계의 언론이 발칵 뒤집혔다.

[영웅일보] 흑무조장 백수현 '사하라 게이트' 역대 1위! 세상을 놀라게 한 쾌거!

[데일리 게이트]"세븐 스타즈, 게 섰거라!" 7일의 벽을 깨부

순 백수현 헌터!

　[GATE USA] 게이트 평론가들, 이제 새로운 시대가 온
다…… 세대 교체의 주인공 Baek Soo Hyun은 누구?

한국 최고의 헌터인 올노운의 성적을 뛰어넘고.

지금껏 아무도 함락하지 못했던 존 메이든마저 따돌리며
새로운 1위를 기록한 최원호.

그의 성과가 언론을 통해 전 세계로 공개되었기 때문이다.

도저히 믿기 어려운 소식에 오류가 있는 것은 아닌가 의심
을 품는 사람들도 있었으나…….

　[더 가디언즈] 이집트 정부, 새로운 TOP10 발표 '1위는
beast.C'

이집트 정부 측이 공인한 스코어보드가 유럽 언론을 통해
공개되면서 그런 이야기도 쑥 들어가고 말았다.

특히 한국에서는 당황을 넘어서 믿을 수가 없다는 반응들
이었다.

　-않이;;; 내가 꿈을 꾸나;;

　-올노운이 2위 찍었을 때도 이게 뭐지 싶었는데.. 그걸 또 깨는
놈이 나온다고? 이 쥐콩만한 땅덩어리에서?

─존 메이든이 축전 보냈던데? 자기 기록 깬 거 축하한다고ㅋㅋ

─머인배 빛메이든 인성 1위만큼은 놓칠 수 없다는 의지의 표현 이구연ㅋㅎㅋㅎ

─게섯거라 드립

─크으 올노운의 뒤을 잇는 초대형 헌터의 출현인가

─올형 하늘에서 보고 계시죠?

─ㄴ아직 안 죽었다..

차원통제청이 주관한 특별 인증 시험에서는 그 수법 때문에 곱지 않은 시선이 있었던 것도 사실이었다.

하지만 이번에는 모든 국민들이 최원호의 성과를 치켜세우고 있었다.

같은 국적에서 새로운 영웅이 등장했다는 거대한 뽕에 취해서 모두가 한 목소리를 내고 있었던 것이다.

그러는 사이에 또 새로운 소식들이 전해졌다.

[마이 히어로] 호주의 넌크리드 'Baek을 만나러 한국에 가고 싶다'

[게이트 타임즈] 프랑스의 나디아 '기록의 갱신은 놀라운 일… 마이스터 손의 에어바이크가 큰 역할을 했으리라고 추측'

[오늘의 공략] 터키의 카라바크 놀라운 기록에 '축하' 하지만 에이트 스타즈의 가능성은 '일축'

축전을 보내온 존 메이든과 마찬가지로 세븐 스타즈 멤버들의 반응이 보도된 것이다.

그들 일곱 명 중, 병상에 있는 올노운을 제외하고 반응을 보이지 않은 단 두 사람뿐이었다.

[게이트 저널] 일본의 텐류 & 중국의 레이황은? '반응 無'

—억ㅋㅋ 옹졸하다 옹졸 ㅎㅐㅋㅋㅋㅋ

—시바 북한에서도 축하한다고 연락왔다더라ㅎㅎ 근데 중국 일본은 조—용

—그래도 이웃나라 아니냐? 너무하네..

—ㄴ이웃나라들 우리 백형 견제할라고 왔다가 아무고토 못하고 짜부돼서 그로기 상태자너ㅎ

—ㄴ이웃나라 아웃나라임ㅋㅋ(게이트 통과 못 하고 아웃됐다는 뜻)

—ㄴㄴ너 이 색기 키보드 압수

하지만 며칠 지나지 않아 한 사람은 반응을 내놓았다.

[영웅일보] 중국의 레이황 '폐관 수련 탓에 소식 늦어', "백수현의 쾌거에 진심 축하"

중국의 최강자인 레이황이 백수현의 성적을 인정하고 치하하는 메시지를 던졌다.

그것을 시작으로 중국 측의 열렬한 구애가 시작되었다.

[데일리 게이트] 레이황 마스터의 자류단, 신인류 조사단에 전략적 동맹 제안!

[오늘의 공략] 中 스타 헌터들 '한국의 백수현에게 한 수 배우고 싶다…' 연일 칭찬

[마이 히어로] 中 클랜들, 한국 클랜들과 업무 협약 개시 "백수현 효과, 대단하네~"

중국과 레이황을 비난하던 사람들이 민망할 만큼 최원호를 열심히 칭송하고 있는 상황.

그러는 사이에 또 하나의 짧은 소식이 전해졌다.

[더 게이트] 중국 대표 '자류단' 루키들, 사하라 게이트 2구획에서 전원 탈락!

[뉴스 오브 헌터] 충격 실패, 라오웨이 "희생된 동료들에게 죄책감, 평생 속죄하겠다…"

바로 라오웨이와 중국인 헌터들이 모래 미로 공략에 결국 실패하여 게이트 바깥으로 강제 퇴장되었다는 소식이었다.

살아남았지만 창피하고 부끄러운 상황일 수밖에 없었다.

여기에 그들이 1구획에서 한국 팀에게 칼을 겨눴다는 사

실까지 알려지게 되면, 망신은 물론 배상까지 해야 하는 입장이었다.

하지만 그런 일은 없었다.

[뉴스 오브 헌터] 백수현 헌터, 라오웨이의 귀환에 '천만 다행… 그는 위대한 도전을 함께한 동료'

─오 훈훈합니다.,, ^^*

─ㅁㅇㅁㅁ 게이트 안에서 서로 도와주고 그랬나?

─사실이라면 백수현 인성도 대단한 듯.. 사하라 게이트 시작되면 완전 전쟁터라고 하던데ㄷㄷㄷ

서울로 돌아온 최원호가 중국 측을 적당히 감싸 주면서 라오웨이와 함께 고생했다는 투로 인터뷰를 해 준 덕분이었다.

그 결과, 라오웨이를 비롯한 자류단 헌터들은 형편없는 성적으로 인해 눈총을 받긴 했지만 다른 책임 추궁은 면하게 되었다.

곧 사건의 진상을 알게 된 중국 정부에서는 비밀리에 최원호에게 금전 보상을 하는 방식으로 감사를 표하기도 했다.

하지만 일본은 전혀 달랐다.

불과 며칠 만에 벌집을 들쑤신 것처럼 난리가 나고 말았다.

석형우와의 대결에서 완패한 여선영 편집장이 이거라도 챙겨서 써야겠다는 생각으로 내보낸 특집 기사 때문이었다.

[게이트 저널] 〈여선영이 묻는다〉 정말로 일본 팀에 '그 흉수'가 있는가?

바로 진재욱 살인 의혹에 대한 문제 제기.

그녀가 물꼬를 트자, 한국 측 언론들은 일제히 포문을 열어 일본 측을 두들기기 시작했다.

여선영은 자신이 게재한 논란의 지면에서 '히카리가 진재욱을 죽였다'라고 명시하지는 않았다. 하지만 교묘한 어투로 그러한 정황이 있음을 암시하면서…….

ㅡ백수현과 그의 대변인 역할을 하고 있는 석형우 기자에 의하면, 히카리는 오히려 역공을 당하여 영원 모래 미로에서 사망한 것으로 추측되고 있다. 도를 넘은 순위 경쟁이 빚은 참극이라고 할 만하다.

……일본인들에게 아이돌 취급을 받는 히카리의 죽음을 언급한 것.

ㅡ정말, 히카리쨩이 죽었다? 라는 것인가요!!!
ㅡ믿지 않을 거야.. 믿을 수가 없다고.!
ㅡ에, 쵸센징이 쓴 기사 따위, 신빙성이 있을 리 없잖아!!
ㅡ누구라도 좋으니 이 기사에 반박해 줘!!

-열도에는 현실을 부정하고 싶은 멍청이들밖에 없달까(笑)

　단지 그것만으로 일본 전역을 충격과 공포로 몰아넣기에
성공했다.

　그렇게 동아시아 삼국의 희비가 극명하게 엇갈리고 있던
그때.

　"……여기 오면 백수현 헌터를 만날 수 있다던데, 맞나요?"

　싸늘한 표정의 여자가 블랙핑거 클랜 하우스를 찾아왔다.

　붉은손의 클랜 마스터이자, 죽은 진재욱의 누나인 진세희
였다.

※

　블랙핑거 클랜 하우스의 지하 작업실.

　철만 아저씨가 작업에 몰두하는 것을 지켜보며 나는 이코
와 통화하고 있었다.

　녀석은 내가 이야기했던 러시아 EX급 게이트 관련 정보
를 캐내기 위해 이리저리 움직이고 있었는데, 그사이에 또
많은 일들이 있었다.

　"……레이황이 직접 전화했다고?"

　-그랬다니까. 차원통제청에 직접 전화를 걸어서 너랑 직접
연락하고 싶은데 어떻게 하면 되겠냐고 그랬다더라.

"그래서 박수경 비서관이 커트했고?"

-응, 역시 청장 비서관이라서 그런지 요령이 있더라고. 딱 쳐 내기는 좀 그렇고, 너랑 바로 연결시켜 줄 수도 없으니까 내 연락처를 알려 줬대.

"그래서 레이황이 라오웨이를 데리고 직접 날 찾아오고 싶다고 했단 말이지?"

-맞아. 은원은 확실하게 하는 것이 자기들의 규칙이래. 근데 그 여자, 무지 예쁘더라…….

"……?"

예쁘다니?

전화를 쥐고 있던 나는 조금 당황했다.

"뭐야? 레이황이 여자였어? 남자 아니었냐? 그 수염이 빨간색이었던 것 같은데?"

-아니, 인마. 징그럽게 무슨 레이황! 박수경 비서관 말이야.

"하, 이 자식이…….."

-신우만큼이나 대단한 미모던데? 아, 물론 넌 실감 못 하겠지만.

난 피식 웃고 말았다.

"됐고. 그래서 레이황이 어떻게 하고 싶대?"

-라오웨이를 잘못 가르친 것에 대해 사죄하고 싶다면서 조만간 중국으로 초대하고 싶다더라. 아주 정중하게 말이지.

"흠."

-중국의 1인자께서 너무 저자세로 나오니까 내가 다 민망하던데. 무슨 꿍꿍이 있는 거 아닐까 싶을 정도로.

"그럴 수도 있겠지. 아무튼 다시 연락 준다고 해."

　-알았어.

초대라……

문득 김서옥 청장을 만나기 위해 찾아갔던 그때가 떠올랐다.

방금 이야기했던 박수경 비서관의 안내를 받아서 차원통제청 청사를 올라간 나는 김서옥과 직접 대면했었다.

그리고 영원 모래 미로의 환상을 보고 난 지금, 그때의 경험은 무척이나 의미심장하게 다가왔다.

'점악마종, 존 메이든과 김서옥, 어머니와 아버지……'

이들이 한 자리에 모인 적이 있다는 것은 과연 사실일까?

아니면 그저 내 상상력이 빚어낸 환상일까?

서둘러 검증해 봐야만 했다.

그러기 위해서는 클로저스에 새로운 인력을 충원하는 것이 선행되어야 했다.

솔직히 이제 이코 혼자서는 손이 부족한 상황이었으니까.

"석형우 기자와는 연락해 봤어?"

　-그럼, 해 봤지. 업무 분장하고 있어. 근데 그 양반이 그렇게 순한 사람이었냐? 전화를 받았을 땐 완전 호랑이가 따로 없었는데, 백수현이라는 이름을 듣자하자 고양이로 돌변하더라. 츄

르라도 좀 사 줘야 하나.

"츄르 같은 소리하고 있네."

−대체 뭘 어떻게 한 거야?

"뭐, 아주 많은 일이 있었지."

그럼 석형우 기자 쪽은 됐다.

좀 고민하긴 했는데, 이코의 업무가 너무 많아지는 것 같아서 과감하게 결단을 내렸다.

그리고 다음은…….

"헌드레드는? 뭐래?"

−그쪽에서는 마음의 준비를 할 시간을 좀 달라던데? 자기가 다른 클랜의 세컨드 헌터가 될 줄은 꿈에도 몰랐다나.

"시간 없다고 그래. 마스터 헌터께서 급히 찾으신다고."

−크크, 알았어. 하던 업무만 마무리하고 최대한 빨리 합류하기로 했어.

나는 헌드레드와 했던 내기를 잊지 않았다.

내가 영원 모래 미로의 스코어보드 5위 안에 들면, 그가 클로저스에 합류하기로 했던 것.

1위라는 결과가 나왔으니 이제 그 마법사가 약속을 지킬 차례였다.

헌드레드는 나의 세컨드 헌터가 되어 열심히 구르게 될 것이다.

마지막 인력 충원은 단위가 조금 컸다.

-특무조 헌터들 중에서 우리 클랜으로 들어오고 싶다는 이들은 전부 수속 마쳤어. 총 열다섯 명이고.

"열다섯 명이라⋯⋯. 그럼 헌드레드만 합류하면 바로 움직일 수 있겠군."

-응. 딱 그렇게 세팅해 뒀으니까 이제 자잘한 게이트 공략에는 신경 안 써도 돼.

"오케이."

처음으로 열다섯 명의 헌터들을 클랜원으로 받아들이면서 클랜의 규모 확장을 개시한 것이다.

이로써 '클로저스'는 서서히 레이드 클랜의 구색을 갖추기 시작했다.

처음부터 이걸 의도하고 신인류와의 대결을 시작한 것은 아니었다.

'하지만 필연적인 수순이었지.'

올노운과 무진 그룹이 공격받고 존폐의 기로에 선 지금, 누군가는 그 역할을 해야 했다.

그리고 무엇보다 이 세계에서 게이트 사태를 매듭짓기 위해서는 나만의 독자적인 세력이 반드시 필요했다.

본격적으로 성장하기 시작한 클로저스 클랜은 무진 그룹의 공백을 대체하면서도, 나의 뜻을 따라서 게이트를 폐쇄시키는 무기로서 작동하게 될 것이다.

-원호야.

"말해."

—이건 물어보나마나 한 것 같긴 한데, 기자회견은 어떡할래? 석 기자, 아니, 석 팀장님이 한두 번 정도는 하는 게 좋지 않겠냐고 하시던데…….

"안 해. 알아서 정리하라고 해."

—그럴 줄 알았다.

대강의 안건을 마무리한 나는 마지막으로 러시아 게이트 조사 건에 대해 당부했다.

"조심해라. 다른 무엇보다도 네 안전을 최선으로 생각하면서 움직여. 뭔가 위험하다 싶으면 나한테 바로 이야기하고. 무슨 말인지 알겠냐?"

—알았어, 인마. 몇 번을 강조하는 거야?

"……."

이건 몇 번을 강조해도 지나치지 않는 부분이라서 하는 말이었다.

그나마 같은 인간이라고 할 수 있는 신인류나 테러리스트들과는 달리, 점악마종은 태생적으로 완전히 다른 것들이었다.

내가 본 환상이 사실이라면 그들은 상상 이상으로 위험한 적들임이 틀림없었다.

—그나저나 너, 곧 그 사람 만나러 간다고 그랬지?

"응. 원래는 좀 더 기다려야 하는 거였는데, 모래 미로에서 1위 찍고 나니까 대접이 바뀌네?"

─하긴 정석진 마스터도 깜짝 놀랐겠지. 궁금할 거 아냐. 중국의 최강자가 보자고 해도 시큰둥한 인간이 직접 자기를 만나고 싶다고 하는 판국인데, 이게 뭔가 싶겠지.

정석진.

이스케이프 클랜의 마스터 헌터.

드디어 그를 만날 때가 되었다.

나의 예전 모습을 기억하고 있는 그를 어떤 태도로 대할 것인가.

이미 이코와 함께 충분히 고민했고, 결정도 끝낸 상태였지만 묘하게 떨리는 것은 피할 수 없었다.

따져보면 그의 결정이 아니었다면, 내가 차원 역류에 휘말리는 일도 없었을 것이다.

'그럼 정석진 마스터는 내 은인인가, 원수인가.'

……웃기는 생각.

─원호야, 다시 한번 잘 생각해 봐. 리스크가 상당히 큰 일이니까.

"아니야. 계획대로 가자."

─흐으음.

고민에 잠긴 이코가 전화 너머에서 침음을 흘리던 그때.

"저, 백수현 마스터?"

"네?"

갑자기 이규란 마스터가 지하 작업실의 문을 열고 들어섰다.

그런데 그 표정이 심상치 않았다.

"붉은손의 진세희 마스터가 찾아왔습니다. 마스터를 직접 뵙고 싶다고 합니다."

올 것이 왔구나.

이코와의 통화를 종료한 나는 고개를 끄덕였다.

"가시죠."

ᘓ

붉은손은 국내에서 2위로 손꼽히는 레이드 클랜이다.

적이도 올노운이 무너지기 전까지는 그랬다.

1위인 무진 그룹이 전통적인 검술로 무장한 엘리트 검객들로 이루어진 소수 정예의 형태이고.

3위인 이스케이프가 마법 전문가 집단이었다면…….

'붉은손은 잡식이야. 전위와 후위를 가리지 않고 능력이 있다면 모조리 흡수해서 규모로 찍어 누르는 스타일.'

그렇기에 레이드 클랜으로서의 수익성은 가장 뛰어난 집단이라고도 할 수 있었다.

각각 후위가 전위가 부족한 무진과 이스케이프가 용병을 필요로 하는 상황에서도, 붉은손은 자체 인력만으로 충분히 해결할 수 있었으니까.

다시 말해서 제너럴리스트로서의 장점을 극대화한 클랜.

'물론 EX급의 초고난도 게이트에서는 그 장점이 단점으로 돌변할 수도 있지만……. 뭐, 어지간해서는 그런 일은 잘 벌어지지 않으니까.'

게이트를 가리지 않고 섭렵하는 붉은손은 대한민국 클랜 중에서 가장 큰 매출을 기록하고 있으며.

그 전력 평가에서는 2위를 놓치지 않는 강력한 헌터 집단이었다.

그리고 바로 그 붉은손의 마스터 헌터가 나를 찾아왔다.

"안녕하십니까, 진세희 마스터."

"인사는 관두죠. 피차 살가운 사이도 아니잖아요?"

"우리가 왜 살가운 사이가 아니게 됐을까요?"

"피할 수 없는 숙명이라고 해 두죠, 백수현 조장."

"숙명이라……."

나는 테이블에 놓인 물 잔을 집어 들며 피식 웃었다.

그러자 진세희가 이글거리는 눈으로 나를 바라보며 말했다.

"내 동생의 죽음에 대해 설명해 주세요. 이건 부탁이 아니라 신인류 조사단의 단장 대행으로서 특무조장에게 지시하는 거예요."

"진재욱의 죽음 말입니까?"

"정말 히카리가 그를 죽였나요? 근데 그년은 행방불명이고요?"

"네, 그 죽음을 목격한 헌터들이 보고서를 따로 써서 올렸을 텐데요."

내가 대꾸한 순간 진세희가 주먹으로 탁자를 내려쳤다.

쾅!

단단한 원목으로 만들어진 탁자임에도 불구하고, 그 위력을 이겨 내지 못하고 반으로 쪼개지고 말았다.

그 덕분에 물잔을 쥐고 있던 나는 그것을 놓을 곳이 없어지고 말았다.

"……"

"이봐, 백수현 헌터. 지금 내가 여기 왜 왔는지 모르겠어? 난 내 동생의 죽음에 납득하고 싶어서 온 거야. 그 애가 정확히 어떻게 죽었는지, 그리고 누구에게 복수해야 할지 확실하게 해 두러 온 거라고!"

물 잔을 어떻게 할까 생각하던 나는 결국 마력을 사용하기로 했다.

그대로 컵을 놓는 것과 함께 마력 작용을 구체화시켜서 바닥을 띄워 올린 것이다.

스윽.

마치 보이지 않는 단단한 무언가가 떠받치는 듯 공중에 멈춰선 물잔.

컵 안에 담긴 물의 표면이 미동도 하지 않는 모습에 진세희의 눈빛이 살짝 변했다.

본인도 SSR급 헌터니까 당연히 알고 있을 것이다.

이렇게 정교한 마력 제어가 얼마나 어려운 것인지.

체조로 따지자면 한 손가락으로 물구나무를 서서 버티고 있는 것이나 다름없는 없는 수준이었다.

나는 그녀를 향해 입을 열었다.

"동생을 잃은 심정은 충분히 이해하지만, 장단을 맞춰 줄 수가 없군."

"……뭐? 이 어린놈의 새끼가!"

내 말이 짧아지자 진세희는 대번에 눈을 치켜뜨면서 자신의 기세를 숨김없이 일으키기 시작했다.

진세희는 마스터 헌터로서 붉은손 클랜을 키워 내느라 30대 중반을 넘은 나이였다.

그에 반해 나는 40년 이상을 야수계에서 보냈지만 여전히 20대 초중반 정도로 보이는 얼굴이었니, 반말을 모욕으로 받아들이는 것도 무리는 아니었다.

츠스스스스!

마치 촘촘한 바늘 뭉치를 팔뚝에 들이댄 것처럼 따끔거리면서 솜털이 모두 일어났다.

목 언저리는 이미 베인 것처럼 뜨끈한 감각이었다.

'살기의 유형화로군. 제대로 집중되면 정말로 외상을 입을 수도 있겠어.'

올노운이나 정석진에 비해 한 수 아래로 평가받는 진세희였지만, 그래도 SSR급은 SSR급이었다.

어지간한 헌터라면 눈도 제대로 못 마주칠 살기였다.

하지만.

[권능 : '늙은 산군의 기백'.]

나는 힘을 일으켜 진세희의 살기를 정면에서 받아 냈다.

오히려 압도하기 시작했다.

그녀가 박살 낸 테이블의 잔해가 폭풍에 휩쓸려 튕겨 나갔다.

콰직!

훨씬 더 구체적인 형태로 외면화된 살기가 원목 테이블의 파편들을 날려 버린 것이다.

깜짝 놀랐는지 여헌터의 표정이 마구잡이로 일그러졌다.

"서, 설마……?"

나는 뒤에 이어질 말을 짐작할 수 있었다.

－설마 나보다 강한 건가? 아니면, 설마 날 뛰어넘었나?

어느 쪽이든 맞는 말이었다.

레벨 75를 달성한 나는 지금 당장 여기서 진세희와 맞대결을 벌이더라도 지지 않을 자신이 있었다.

그렇기에 특무조장으로서 '단장 대행'이 지껄이는 헛소리를 받아칠 수 있었던 것이다.

"당신 동생은 헌터들을 선동해서 나에게 반기를 들었어. 하지만 난 기회를 줬지. 결국에는 물거품이 됐지만."

"그건……!"

"여기서 내가 궁금한 건 '당신이 어디까지 엮여 있는가.'야. 진세희, 당신이 진재욱에게 날 치라고 지시했나?"

나는 물 컵을 단숨에 비우며 단언했다.

"만약 그렇다면 당신은 내 보고가 아니라 칼을 받아야 할 거야."

하극상에는 하극상으로 갚아 준다.

딱딱하게 굳어진 진세희를 노려보며 나는 천천히 마력을 끌어 올리기 시작했다.

싸울 것인가, 고개를 숙일 것인가?

내가 제시한 양자택일의 순간.

"……너, 그렇게 자신감을 내비치는 것. 그리 좋은 선택이 아냐."

진세희는 나를 노려보며 한 음절, 한 음절을 씹어뱉듯이 말했다.

그러더니 천천히 몸을 일으키는 것이었다.

나 역시 자리에서 일어났다.

상대가 힘을 전개하면 곧바로 받아칠 수 있도록.

'마법을 사용하면 마법으로. 힘을 사용하면 힘으로.'

싸움을 시작된 순간 다시는 나에게 덤비지 못하도록 철저하게 짓뭉개 버릴 작정이었다.

하지만 진세희는 생각보다 신중했다.

"네놈이 아무리 잘났어도 그렇게 천지를 분간하지 못하고 날뛴다면 반드시 화를 불러오게 되어 있어. 언젠가는 널 짓밟을 사람을 만나겠지."

"……."

흉신악살처럼 얼굴을 일그러뜨린 채, 나에게 저주의 말을 퍼부으면서도 자신의 기세를 서서히 가라앉히고 있었다.

일단 여기서 싸울 생각은 없다는 뜻인 듯했다.

'그래도 한 번 더 흔들어 보자.'

나는 늙은 산군의 기백을 거두지 않은 상태로 찌르듯이 대꾸했다.

"그 말은 본인이 날 꺾을 자신이 있다는 이야기로 들리는데?"

"물론."

"그래? 그럼 여기서 시도해 봐. 누가 비명횡사하게 되는지 보자고."

"비명횡사?"
진세희의 눈빛이 다시 한번 세차게 흔들렸다.
동시에 떠오르는 메시지.

[안내 : 특성 '야성'이 반응하고 있습니다.]
[안내 : 퓨리 에너지가 충전되고 있습니다.]

진세희의 동요가 어찌나 컸던지, 쏟아지는 분노에 내 야성 특성이 반응할 정도였다. 오죽하면 순간적으로 정신 방벽이 무너지면서 생각의 일부가 전해져 오기도 했다.

 ─이 개자식이 정말 뒈지고 싶어서!
 ─지금 재욱이의 죽음을 빗대서 말한 거야?

……그건 아닌데.
진세희는 내가 '비명횡사'라는 말로 진재욱의 죽음을 조롱했다고 생각하고 있는 듯했다.
하지만 그런 뜻으로 이야기한 것은 아니었다.
가족 앞에서 고인을 모독할 만큼 나는 막 나가는 인간이 아니었다.
무엇보다 진재욱의 이름 따윈 꺼내지도 않았다.
'제멋대로 오해를 하고 있네. 눈이 뒤집혀서 뺴는 게 하나

도 없나 본데?'

그렇다고 해서 내가 물러설 수는 없었다.

이미 말했듯이 그 죽음을 초래한 것은 진재욱 자신이었다.

'나에게 반기를 들지 않았다면 없었을 일.'

오히려 나에게는 진세희가 그 사건의 배후에 있었는지 확인할 의무가 있었다.

만약 이 여자가 진재욱에게 나를 공격하라는 식으로 지령을 내리기라도 했다면?

'남동생을 스스로 죽인 거나 다름없는 거지. 그리고 그렇게까지 했다는 것은…….'

진세희의 배후까지 의심해 봐야 한다는 뜻이다.

신인류일 가능성.

거대 클랜의 마스터 헌터라고 해서 완전무결하리라고 짐작하는 것은 큰 오산이었으니까.

"……."

"……."

진세희의 정신 방벽은 금세 복구되었고, 나와 그녀는 한동안 말없이 서로를 노려보았다.

일촉즉발의 상황.

하지만 진세희는 휙 몸을 돌리더니 이렇게 말하는 것이었다.

"그래, 내가 잘못 생각한 것은 인정하겠어. 히카리라는 년

이 내 동생을 살해했다는 것은 여러 헌터들이 한목소리로 증언하고 있으니. 괜히 네놈을 추궁할 부분은 아니지."

착 가라앉은 목소리가 분노로 이글이글 불타는 듯했다.

"하지만 그 기고만장한 태도, 내가 장담하건대 반드시 후회하게 될 거야. 한 번쯤 뜨거운 맛을 보면 정신을 차릴 수 있을지도 모르겠네, 이 시건방진 자식아."

"뜨거운 맛?"

나는 그냥 피식 웃었다.

"그래. 언젠가 기회가 되면 꼭 맛보는 걸로 할게. 맛집 알고 있으면 소개나 좀 시켜 주고."

"이 새끼가 끝까지……!"

"그런데, 내 질문에는 언제 대답할 셈이지? 그건 무언의 긍정이라고 받아들여도 될까? 만약 그렇다면 핏값을 받아야 겠는데."

나에게 반기를 들도록 진재욱에게 지시했는가?

나는 애초에 던진 질문에 대답하라고 독촉했다.

이 여자와 기 싸움을 벌인 것에는 다른 이유가 없었다.

"그건……."

잠시 침묵하던 진세희는 의미심장한 대답을 내놓고 사라졌다.

"나와 전혀 관계없는 일이었어. 하지만 이제 관계가 생길 수도 있을 것 같군. 밤길 조심해."

선전포고나 다름없는 선언.

신인류 조사단 내부의 균열이 본격화되는 순간이었다.

✹

최원호는 모든 인터뷰를 무시했고 석형우가 홍보팀장으로서 언론에 대응했다.

그러한 와중에 세간의 이목을 집중시킨 또 다른 이가 있었으니…… 바로 최신우였다.

[데일리 게이트] "또 하나의 쾌거" 한채미의 10위…… 세븐 스타즈? '저리 비켜!'

[뉴스 오브 헌터] '시선 집중' 종합 10위 한채미! 그녀에 대해 알아보자!

그녀를 향해서 엄청난 숫자의 기사들이 쏟아지고 있었다.

그건 영원 모래 미로에서 최원호가 지시했던 '5554' 코스를 가장 성공적으로 수행하며 어마어마한 기록을 수립한 덕분도 있었지만.

[더 게이트] "마력 체계 장애라고 했는데?" 미녀 마법사의 화려한 귀환!

[헌터 포커스] 한채미는 어떻게 마력 체계를 회복시켰나?
…… 블랙펑거 '아직 공개할 수 없다'

[영웅일보] 특급 루키의 미스테리한 재림, 마력 의학계 '초미의 관심사'

마력 체계가 망가져 사실상 현역 헌터에서 물러날 수밖에 없었던 최신우의 역사.

그녀의 과거를 사람들이 기억하고 있기 때문이었다.

—뭐지|;; 한최미 부상당해서 은퇴한 거 아니었나?

—ㅇㅇ맞음 근데 부활함ㅋ

—어케 했노!!!!!

—아니 지금까지 그런 사례가 있었나여? 헌터들 마력 체계 망가지면 자격증 똥값 되고 ㅃㅃㅇ인줄 알았는데?

—몬가.. 몬가 일어나고 잇음..

—미국에서 최신으로 개발된 특별 수술을 받았다는 소문이 있습니다

—ㄴㅋㅋㅋ미국에서도 예전에 ㅈㅈ쳤던 증상인데 뭔 특별 수술ㅇㅈㄹㅋㅋㅋ

망가진 마력 체계의 회복은 지구의 마력 의학자들에게 아직 정복하지 못한 난제였다.

때문에 무엇보다도 최신우의 회복에 대해서 놀라워하고 궁금해 하는 반응들이 가장 많았고…….

- 한채미 헌터^^ 이쁜 얼굴 다시 보니까 넘 좋네요^^
- 와 존예로워퓨ㅠㅠ 여신포스ㅠㅠ
- 그러게 미모 클라스는 여전함ㄷㄷㄷㄷ
- 이미 한국 최고의 미녀라구욧!!!!
- 예쁜데 실력까지 미쳤네.. 누가 데려가려나 개부럽쓰
- ㄴ나 강릉 함씨 32대손 함덕규

다음으로는 인터뷰 사진에서 드러나는 그녀의 외모에 감탄하는 반응들이 주를 이루고 있었다.

상황을 모니터링 하고 있는 블랙핑거 클랜의 수뇌부는 묘한 분위기에 휩싸여 있었다.

"일단 지금까지는 큰 문제가 없습니다."

"언론 측에서 신우 씨를 더 깊게 파고드는 경우에는 백십자 클랜의 윤동식 마스터께서 대응해 주신다고 합니다."

"그리고 차원통제청에서 신인류 조사단의 특무조에 우리 클랜원들을 더 충원해 달라는 요청을 해왔습니다."

"언론과 타 클랜에서는 우리 클랜을 들쑤시고 싶어서 난리가 난 것 같습니다만, 백수현 마스터의 눈치 때문인지 자제하는 분위기입니다."

"……하지만 언제든 뻥 터지더라도 전혀 이상하지 않은 분위기이기도 하고 말이지."

이규란이 그렇게 중얼거리자 도승아, 김윤미, 장유민, 성수진은 고개를 끄덕였다.

긴장된 표정의 여자들.

이집트에서 한국으로 돌아온 뒤, 블랙핑거 클랜의 수뇌부는 그야말로 정신없이 뛰어다녔다.

최원호의 1위 소식에 묻혀 있긴 했으나 최신우가 마력 체계를 회복시켜서 레이드 헌터로 복귀했다는 소식 역시 엄청난 뉴스였고.

소속 클랜으로서 그것을 수습할 방법을 확보하기 위해 미리 움직여야 했던 것이다.

최신우 본인은 기자들을 피해 다니느라 클랜 하우스로 출근도 할 수 없을 정도였다.

결론적으로 상황을 정리해 준 것은 최원호였다.

그의 인맥과 영향력이 언론의 과도한 관심을 적당히 막아주었고, 오히려 블랙핑거 클랜에 대한 관심도가 올라가는 효과마저 가져다준 것이다.

하지만 그것이 기꺼운 일일 수만은 없었다.

"마스터, 언제까지고 계속 백수현 마스터의 등 뒤에 숨어있을 수는 없지 않습니까?"

"그래도 저희가 규모는 더 큰 클랜인데요."

"이제 우리 나름대로의 방법을 찾아봐야 할 것 같습니다."

"……."

아무리 협력 관계라고는 해도 외부 인원에게 이런 식으로 업혀 가는 것.

하나의 독립적인 클랜을 이끄는 입장에서 자존심이 상하는 일이기도 했다.

이규란의 눈빛이 깊어졌다.

"그래, 맞는 말이야. 앞으로의 방향에 대해서 이야기를 좀 해 볼게. 어차피 오늘은 백수현 헌터와 함께 움직일 거니까 시간도 있을 거야."

"알겠습니다."

"자, 그럼 회의는 여기까지 하는 걸로 하자."

회의실을 나선 이규란은 곧바로 클랜 하우스의 로비로 향했다.

정문을 열고 나가자 곧바로 남자의 모습이 보였다.

어디서 가져왔는지 모를 검은색 세단에 몸을 기대고 있던 그가 미소를 보내왔다.

"블랙핑거에서 차량을 다 처분했다죠? 그래서 제가 준비했습니다. 타시죠, 이규란 마스터."

"……."

잠시 데이트가 시작되는 엉뚱한 상상이 머릿속을 스쳤다.

황급히 고개를 흔들어서 생각을 털어 내는 이규란.

"저는 그냥 택시 타고 가려고 했습니다만."

"중요한 날이잖습니까? 그럴 순 없지요. 제가 직접 모시겠습니다."

이쯤 되면 노리고 일부러 멘트를 치는 것 같기도 하고.

어쩌면 그냥 별생각이 없는 것 같기도 하다.

"……."

정말 아무렇지 않게 조수석 문을 열어 주는 최원호를 보며 이규란은 속으로 한숨을 내쉬었다.

'후, 이상한 생각하지 말고 상황에 집중하자. 오늘은 정말로 중요한 날이니까.'

하지만 그 각오가 무색하게도, 그녀는 차에 오르자마자 마른침을 꼴깍꼴깍 삼킬 수밖에 없었다.

운전대를 잡은 최원호에게서 흘러나오는 강렬한 존재감 때문이었다.

'지금 어깨 위로 아지랑이 같은 게 보이는데? 설마 마나 아우라……?'

고위 헌터들이 옅은 마력 파장을 자연스럽게 뿜어낸다는 것.

이렇게 가까이에서 보는 것은 이규란도 처음이었다.

레벨이 더 오르면 힘이 갈무리되어 다시 보이지 않게 된다고도 했다.

SSR급 헌터들의 상징과도 같은 현상이었다.

그리고 또 하나.

'왠지 달콤한 냄새가 나는 느낌이야. 이건 뭘까?'

동성에게는 강력한 위엄을, 이성에게는 은근한 유혹을 발휘하는 것.

이규란은 전혀 몰랐으나 이것은 최원호가 가진 야성 특성의 부가 효과 중 하나였다.

사하라 사막에서 엄청난 레벨 업을 이뤄 내며 야성 특성의 활성화 정도 역시 크게 올라갔고.

좁은 차 안에서 가까이 앉은 이규란은 특성의 효과를 정면으로 느끼고 있었다.

"······꿀꺽."

최원호가 핸들을 움직일 때마다 이규란의 눈동자도 함께 요동을 치는 상황이었다.

하지만 다음 순간.

"수락산 남쪽이라고 하셨죠?"

그 질문에 이규란은 꿈에서 깨어나듯 고개를 들어 올렸다.

묘한 감정은 온데간데없이 사라지고 두 사람이 해야 할 업무만이 남아 있었다.

블랙핑거의 클랜 마스터는 고개를 끄덕였다.

"네, 이미 정석진 마스터께서 수락산 게이트를 공략하고 계실 겁니다. 하지만 너무 위험할 것 같으면 들어오지 않아도 된다고 하셨습니다."

"들어오지 않아도 된다니. 그런 말을 들었으니 꼭 들어가야겠네요."

"……?"

서울 북쪽에서 경기도로 막 넘어가는 지역에 A등급 게이트가 하나 열려 있었다.

그리고 이스케이프 클랜의 마스터 헌터 정석진은 최원호와 이규란에게 그곳으로 직접 와 달라고 요청했다.

미안합니다. 올노운이 자리를 비운 탓에 한국으로 돌아오자마자 A등급 게이트를 공략하게 됐습니다. 벌써 두 번이나 공략에 실패하고 공략 가능 시간이 얼마 남지 않았다면서 김서욱 청장이 직접 부탁하더군요. 괜찮으시다면 두 분도 공략에 도움을 주시면 어떨까요?

앞서 그 전언을 받아 본 이규란은 무척이나 당황했고, 최원호는 속으로 피식 웃었다.

'이 양반, 이상한 일처리는 여전하네.'

일반적인 클랜이라면 다른 헌터에게 즉석으로 도움을 요청하는 것은 절대로 하지 않았을 일이다.

절차와 체면이라는 게 있으니까.

하지만 이 괴짜 마법사는 옛날부터 이런 식이었다.

'게이트를 공략하는 여러 방법들 중에서도, 가장 안전하고

쉽고 편한 방법을 추구하는 것.'

이것이 정석진의 방법론이었다.

베테랑 마법사는 최소한의 희생으로 게이트를 공략하기 위해 모든 노력을 기울이곤 했다.

그렇기에 최원호는 차창 너머로 흘러가는 풍경을 바라보며 이런 생각을 떠올리고 있었다.

'내가 살아서 돌아왔다고 하면 과연 어떤 표정을 지을까.'

과연 그 아저씨를 울릴 수 있을까?

수락산 깊은 곳에 열린 A등급 게이트 '가짜 여신의 산중 유배지'.

"춘아."

"선생님, 제발 향이라고 불러 주실래요?"

"춘아."

"아이 씨! 진짜!"

"으하하하하하!"

산비탈에 나란히 선 두 사람이 잡담을 주고받고 있었다.

"그 이름이 그렇게 싫으냐? 촌스러워서?"

"촌스러운 것도 그렇지만, 옛날 생각이 나니까……. 그래서 그렇죠, 괜히 그때 생각나잖아요."

"뭘 말이냐?"

"제주도 게이트요. 아시면서."

"제주도……."

이제 막 중년에 들어선 남자 마법사는 이스케이프 클랜의 마스터 '정석진'이었다.

그리고 그 곁에 익숙하게 선 여자 마법사는 아이언팩토리 클랜의 타격팀장인 '봄향'.

"슬픔과 상처 또한 극복해야 하는 과제다. 지나간 일에 사로잡혀 있으면 더 높은 곳으로 오르기가 어려워져."

"왜요?"

"몸이 무겁잖느냐. 그 기억이 네 발목을 잡고 있을 테니까. 또 다치는 것은 아닐까. 두려워지면 높게 올라가는 것은 영영 힘들어져."

"……."

"어렵다는 것은 안다. 하지만 옛 일은 어서 털어 버려라. 내가 너를 아이언팩토리로 이적시킨 건 그런 의미였어. 알고 있지?"

"예. 알아요, 선생님."

정석진과 봄향은 사제 관계였다.

지금으로부터 4년 전, 봄향이 이스케이프 클랜에서 '춘향'으로 불리던 시절의 일이었다.

하지만 그 사건이 터지며 모든 게 변했다.

'2019년 11월 10일, 오후 4시 32분.'

봄향은 그 날짜와 시간을 아직도 선명하게 기억하고 있었다.

제주도 서쪽에 열린 B등급 게이트 '고대 무사의 대나무 숲'의 차원 역류.

붉은손 클랜에서 공략하다가 포기한 그 게이트를 이스케이프 클랜이 맡게 되었고, 당시 정석진은 마스터 헌터로서 게이트 분석 보고서를 토대로 하여 공략팀을 선발했다.

B등급 게이트부터는 '최적화 전략'을 사용하는 것이 이스케이프 클랜의 규칙.

'알파, 베타, 감마, 델타, 엡실론, 제타. 6개 팀에서 한두 사람씩을 선발하여 총 열 명의 헌터들을 파견하셨지.'

고난도 게이트를 공략하는 경우, 그 속성에 따라 최적화된 공략 팀을 구성하는 것이 이스케이프 클랜의 전략이었다.

하지만 결과는 차원 역류, 모두가 죽었다.

"……."

그 게이트 내부에서 어떤 일이 있었는지는 알 수 없었다.

단지 예상보다 공략이 길어졌고 결국 공략 가능 시간이 만료되었다는 것.

그리고 곧바로 차원 역류가 시작되어 일대가 쑥대밭이 되었다는 것이 알려진 전부였다.

공략을 주관했던 이스케이프 클랜마저도 그 이상은 알지

못했다.

"혹시…… 날 원망하고 있는 것이냐?"

정석진이 고요한 눈으로 자신을 바라보고 있었다.

그러나 봄향은 가만히 고개를 가로저었다.

"아뇨, 전 마스터를 원망하진 않아요. 오히려 죄책감을 느끼는 것 같아요."

"죄책감이라니? 왜? 네가 뭘 잘못했다고?"

"같이 죽지 못했으니까요."

"뭐? 무슨 그런 말도 안 되는 소리를!"

"제타 팀에서 '제로' 녀석이 선발됐을 때……."

그 말에 정석진의 표정이 굳어졌다.

봄향은 쓴웃음을 지으며 중얼거렸다.

"그때 내가 나갈걸. 티오를 한 자리 늘려달라고 박박 우겨서라도 그 게이트에 같이 들어갈걸. 그랬다면 최소한 이렇게 후회하고 있진 않을 텐데."

"춘아."

"아, 진짜! 향이라고 부르시라니까요?"

"……."

"아무튼 그런 생각이 들어요. 선생님이랑 같이 있으면 특히 더 그러네요."

봄향의 말에 정석진 또한 쓴웃음을 지으면서 혀를 찼다.

"쯧, 오늘은 전투 마법사가 부족해서 아이언팩토리에 손을 벌린 것인데. 아무래도 널 괜히 불렀구나. 나도 그 녀석이 그립지만, 네가 그렇게까지 생각할 줄은 몰랐어."

"아니에요. 선생님 말씀대로 언젠가는 극복해야 할 문제겠죠. 그게 오늘은 영 안 되는 것 같지만요."

"……."

잠시 말이 없어진 두 사람.

정석진이 화제를 돌렸다.

"춘아, 너도 백수현 헌터를 안다고 했지? 오늘 여기에 오기로 했다. 안면이 있으면 인사 나누거라."

"백수현요? 아오……."

봄향의 표정이 와락 일그러졌다.

심상찮은 기세에 정석진이 고개를 갸웃거렸다.

"왜? 무슨 일 있었어? 그 사람과 싸우기라도 했느냐?"

"싸운 건 아닌데! 자식 태도가 너무 건방져요! 루키 주제에 목뼈에 철심을 갖다 박았는지, 아주 그냥 목이 뻣뻣하다고요!"

"태도가……? 흐음, 이상하군. 내가 듣기로는 실력만큼이나 인품도 뛰어나던데?"

"아뇨! 근거 없는 낭설입니다!"

"스캐빈저 클랜에 불과했던 블랙핑거 클랜을 어엿한 레이드 클랜으로 이끌어 줬다고 하더구나. 자신에게는 별 이득도 없는데 말이지. 그만하면 대단한 인품 아니냐?"

"어, 언론 플레이겠죠!"

"……굳이 그런 걸?"

봄향이 '백수현'으로 위장한 최원호를 만난 것은 용인의 라미아 호수 게이트가 끝난 뒤 공략 브리핑 장소에서였다.

신인류라는 괴조직의 존재가 본격적으로 세상에 알려지고.

신비주의로 일관하던 올노운이 나타나서 직접 신인류 조사단을 이끌겠다고 선포했던 바로 그날이었다.

당시 봄향은 철저하게 정체를 감춘 최원호와 꽤나 격렬한 언사를 주고받았었다.

봄향으로부터 그때의 이야기를 들은 정석진이 너털웃음을 터트렸다.

"허허허! 패기도 좋구먼! 네가 아이언팩토리의 타격팀장이라는 이야기를 듣고도 전혀 물러서지 않았단 말이지?"

"뭐가 웃기십니까! 제가 그때 얼마나 곤란했는데요!"

"왜?"

"하아, 그때 김주석 마스터가 이상한 지시를 내렸었거든요. 신인류라는 것들에 대해 최대한 조사해 오되, 손해 볼 여지는 절대 만들지 말라면서요. 무슨 그런 지시를 내리는지…….."

"흐음, 그것도 그 양반다운 명령이군."

"말도 마세요. 진짜 아이언팩토리는……. 아무튼! 백수현 그 자식은 아주 망할 놈이에요. 얼마나 뺀질거리는데요! 선후배도 모르는 놈!"

이를 박박 갈고 있는 봄향.

그런데 정석진은 제자를 향해서 오묘한 표정을 짓고 있었다.

"춘아, 왠지 그 이야기를 하면서 기뻐 보이는 것 같은데. 내 착각이냐?"

"예? 무슨 말씀이세요? 제가요?"

"응. 지금 너, 백수현이라는 헌터에 대해 이야기하면서 왠지 모르게 기뻐 보인다고."

"……선생님 시력이 안 좋아진 것 아닐까요?"

"허허허."

정석진에게서 쏟아지는 의미심장한 시선에 봄향은 한숨을 푹 내쉬었다.

그리고 이내 순순히 인정했다.

"맞아요. 솔직히 백수현 헌터에 대해서 생각하면 왠지 마음이 좀 놓이는 느낌이에요. 이유는 모르겠지만요."

"마음이 놓이는 느낌이라……."

"뭐, 올노운만큼 초대형 헌터가 또 한 사람 나올 것 같으니까, 저도 모르게 기분이 좋은 거겠죠. 모두에게 좋은 일이잖아요, 그런 영웅이 또 하나 등장한다는 건."

"흐음. 그래? 그렇게 생각한단 말이지?"

괴짜 마법사는 입을 다문 채 빙긋 웃었고, 봄향은 움찔했다.

자신의 스승에게 '통찰' 특성이 있음을 뒤늦게 떠올린 것이었다.

"선생님 혹시 뭐 보셨어요? 미래에 백수현 헌터가 이스케이프 클랜에 입단이라도 하는 건가요?"

"이 녀석아, 내가 통찰은 예지가 아니라고 몇 번이나 말했잖느냐?"

"그럼 왜……?"

"그냥 예감이란다. 네가 왠지 무척이나 기뻐할 것이라는, 그런 밑도 끝도 없는 예감이 들어."

'예감?'

봄향의 표정은 점점 아리송해질 수밖에 없었다.

하지만 머지않아, 그녀는 스승의 그 말이 무엇을 의미했던 것인지 이해하게 되었다.

꾸꾸

수락산 중턱, 우거진 숲 안쪽에 게이트가 열려 있었다.

그 입구를 막고 서 있던 이스케이프 클랜원들은 길을 열며 고개를 숙였다.

"……블랙핑거 클랜의 마스터 헌터 이규란 님."

"그리고 클로저스 클랜의 마스터 헌터이자, 신인류 조사단 특무조장 백수현 님."

"뵙게 돼서 영광입니다. 게이트에 들어가셔도 좋습니다."

헌터 라이선스를 돌려받은 우리는 곧바로 게이트 앞으로
다가섰다.

[안내 : A등급 게이트 '가짜 여신의 산중 유배지'에 입장할 수 있
습니다. 입장하겠습니까?]

가만히 고개를 끄덕인 그 순간.

[안내 : 어지러움에 주의하십시오.]
[알림 : A등급 게이트 '가짜 여신의 산중 유배지'에 입장했습니다.]

나는 이규란과 함께 게이트 안으로 진입했다.
눈앞으로 펼쳐지는 거대한 고원의 풍경과 함께 게이트의
내용을 알리는 시스템 메시지가 떠올랐다.

〈가짜 여신의 산중 유배지〉
[게이트] 첩첩산중이라는 말이 어울리는 깊은 산속에 신격에 이
르지 못한 마녀가 광기에 젖은 채로 배외하고 있습니다. 그녀와 그
피조물을 분쇄하여 산중의 평화를 되찾으십시오.
등급 : A등급(가변형)
미션 :
1. 최대한 많은 적을 처치하십시오.

2. 숨겨진 거대 장치 '아이싱 팩토리'를 파괴하십시오.

3. 게이트 보스 '천살 마녀'를 제거하십시오.

·

나로서는 전혀 특별한 것이 없는 게이트였다.

하지만 내 옆에 있는 이규란은 상당히 긴장된 표정을 짓고 있었다.

"전 가변형 게이트에 처음 들어와 봅니다. 솔직히 조금 두렵습니다. 제가 여기서 맡은 몫을 다할 수 있을지……."

가변형 게이트.

어쩌면 조금은 까다로운 게이트라고 할 수도 있다.

일반적인 게이트에서는 정해진 숫자의 헌터가 입장하면 입구가 폐쇄되고 공략 과정이 진행되지만.

가변형 게이트는 달랐다.

일단 그 정원이 정해져 있지 않고, 헌터들이 입장하더라도 입구가 폐쇄되지 않는다.

'그러니까 얼마든지 새로운 인원이 추가될 수 있지.'

이론적으로는 무한대의 헌터를 투입해서 공략할 수도 있는 게이트였다.

하지만 그렇게 하지 않는 이유.

'진입한 헌터의 숫자에 비례해서 게이트 몬스터도 늘어나거든. 재수 없으면 미니 보스나 미션이 추가될 수도 있고.'

그런 까닭에 '가변형' 게이트였다.

A등급으로 지정되어 있었지만 내부에서 난이도가 다시 변화할 수 있었던 것이다.

'이런 특징 때문에 게이트 입구에서 출입을 통제하는 지원팀도 필요하지.'

게이트에 불청객이 들어오기라도 하면 기존 인원 전체가 위험해질 수도 있다.

아까 입구에서 차원통제청의 공무원들이 아니라, 이스케이프 클랜의 헌터들이 경계를 서고 있는 것도 그런 이유였다.

'이런 불확실성 때문에 가변형 게이트는 한 단계 높은 수준으로 평가되며…….'

이곳 역시 A등급보다 한 단계 높은 S등급으로 취급해야 마땅했다.

그러니 이규란이 긴장하는 것도 무리는 아니었다.

하지만 나는 피식 웃었다.

"너무 긴장하지 마십시오. 어차피 똑같은 게이트니까요. 가변형이라도 뭐 대단한 거 없습니다."

"……?"

내 자신감이 조금 지나치게 느껴졌던 것일까?

그녀가 고개를 돌려 나를 빤히 바라보았다.

"백수현 마스터께서는 가변형 공략 경험이 있으십니까? 가변형이라는 게 그리 흔한 타입은 아닌 걸로 알고 있습니다만. 특히 C등급 이하의 게이트에서는 거의 찾아보기가 힘들

다던데요."

새삼 내 경력이 의심스럽다는 지적이었다.

하지만 이제 슬슬 숨길 생각도 없었기에 나는 시원하게 고개를 끄덕여 주었다.

"예, 있습니다. A등급 가변형이라면 몇 번 공략해 봤죠."

실은 몇 번이 아니었다.

모르긴 해도 아마 50번 정도는 공략해 봤을 거다.

그리고 이 '가짜 여신의 산중 유배지'는 당연히 그 리스트에 포함되어 있었다.

나를 바라보는 여자의 눈빛이 깊게 가라앉았다.

"도대체 당신은……."

이규란은 차마 말을 잇지 못했다.

이쪽을 바라보는 까만 눈동자는 도대체 정체가 뭐냐고 싶은 듯했다.

난 희미하게 웃었다.

"곧 알게 될 겁니다."

그리고 앞장서서 터벅터벅 걷기 시작했다.

정석진은 그리 멀지 않을 곳에 있을 것이다.

우린 최대한 빨리 그와 합류해야만 했다.

[알림 : 특성 '야성'이 직관을 발휘하고 있습니다.' 알 수 없는 위험'에 주의하십시오.]

게이트에 들어온 그 순간부터, 야성의 위험 감지 능력이 작동하고 있었으니까.

'무왕일까?'

나도 모르겠다.

그러나 한 가지 분명한 것, 이번에도 놈이 직접 나타난다면 팔다리를 다 내놓아야 하리라는 것이었다.

이스케이프 클랜이 기간제로 초빙한 용병 헌터, 올리버 앤더슨.

잉글랜드 런던 출신으로, 방패와 한손검을 동시에 사용하는 특성 '기사도'의 소유자인 남자는 지금 꽤나 흥분한 상태였다.

'와우, 마스터 정석진이 그 캡틴 비스트를 이 게이트에 초대했단 말이지? 어메이징……!'

바로 최원호가 이 게이트를 방문할 것이라는 소식 때문이었다.

언론 보도에 따라 '마스터 백', 또는 콜네임인 '캡틴 비스트'라고 알려진 최원호.

사하라 사막의 스코어보드 가장 윗줄에 자신의 이름을 아로새기는 것에 성공한 그는 전 세계에 걸쳐서 뜨거운 관심을 받는 중이었다.

국적을 가리지 않고 모든 헌터들이 그 존재를 궁금하게 여기고 있었다.

그것은 영국인 헌터들 역시 마찬가지였고, 우연찮게도 한국에서 활동 중이었던 올리버는 특히 궁금증을 품고 있는 상태였다.

'기자들 말로는 만능형 헌터라고 하던데? 그럼 방패술도 뛰어날까? 소드 파이팅은? 맨손 격투는 당연히 잘하겠지? 정말 궁금해 미치겠군!'

올리버는 자신의 대표 특성인 '기사도'를 사랑해 마지않는 남자였다.

철벽과도 같은 방패술을 이용하여 상대를 철저하게 무력화하는 전투 스타일은 특히 대인전에서 그 저력을 발휘하는 것이었으니.

'딱 한 번만 스파링을 해 달라고 하고 싶은데, 가능할까?'

그는 이번 찬스를 활용하여 자신의 능력을 시험해 보고 싶었다.

아니, 그 이상의 기회로 만들고 싶었다.

'만약 내가 그 스파링에서 승리한다면……!'

레벨 81, 라이선스 등급은 SSR급.

최근 영국 랭킹 60위의 신진 강자로 자리를 잡은 올리버는 최원호와 겨루어 자신의 명성을 날리고 싶다는 열망에 사로

잡힌 상태였다.

물론 결과를 장담할 수는 없다.

하지만 만에 하나라도 자신이 승리를 거둔다면 어떨까?

'그럼 내가 캡틴 비스트의 네임 벨류를 모조리 가져갈 수 있게 되는 거지!'

캡틴 비스트는 세븐 스타즈를 꺾은 특급 신인으로 상한가를 치고 있었다.

그런 실력자를 찍어 누르게 된다면, 어마어마한 빅뉴스가 될 것은 자명한 사실이었다.

'와우, 상상만 해도 짜릿하군! 전 세계 언론들이 주목하고 내 몸값도 로켓처럼 뛰어오르겠지!'

올리버는 입맛을 다시며 뒤를 돌아보았다.

천천히 뒤를 따라오는 정석진이 그곳에 있었다.

저 한국인 마법사가 자신의 고용주이자 이번 게이트의 총괄 책임자이니, 미리 허락을 구하고 스파링 자리를 주선해 달라고 부탁할 계획이었다.

그런데 그게 조금 늦었나 보다.

"마스터! 지금 백수현 헌터가 게이트 안으로 들어왔다는 소식입니다."

"오, 그래? 그럼 레인저 한 사람을 보내서 마중하도록."

게이트 바깥과 연락책 역할을 맡고 있는 서포터 마법사가 보고하자 정석진이 고개를 주억거리며 대답했다.

'Oh, shit.'

한국어를 어느 정도 알아들을 수 있었던 올리버는 혀를 쯧 찰 수밖에 없었다.

좀 더 일찍 이야기했어야 했는데!

'아니야. 그래도 딱 한 번은 시도해 보자.'

단지 타이밍을 놓쳤다고 쉽게 포기하기에는 너무나 즐거운 상상들이었다.

캡틴 비스트가 무슨 일로 정석진을 찾아온 것인지는 모르겠으나, 그 용건이 마무리되면 슬쩍 끼어들어서 스파링을 신청해 보자는 심산.

당연히 거절당할 확률이 컸다.

하지만 반드시 그럴 거라는 법도 없었다.

"백수현 헌터가 도착할 때까지 전원 이곳에서 대기합니다!"

"대기!"

"대기!"

이스케이프 클랜원들의 복명복창이 이어지는 가운데, 올리버 앤더슨은 가만히 뒤를 돌아보았다.

"캡틴 비스트."

자신을 사로잡은 콜네임을 가만히 중얼거린 남자는 마력 감각을 최대한 확장시켰다. 저 걸출한 신인 헌터의 등장을 처음부터 지켜보고 싶다는 생각이었다.

그리고 다음 순간.

"······!"

그 존재감이 감지되었다.

마치 불덩어리가 걸어오는 것처럼 활활 타오르는 강렬한 기세가 이쪽으로 걸어오고 있었던 것이다.

그 옆에 선 여자도 꽤 괜찮은 기도를 가지고 있었지만, 제대로 느끼기가 힘들 지경이었다.

캡틴 비스트의 존재감이 워낙 강렬한 탓에 마치 여명이 시작된 하늘에서 별이 사라지는 듯했다.

"What the hack······."

올리버는 할 말을 잃은 채 그 방향을 멍하니 바라보았다.

최원호와 대결해야겠다는 생각마저 잠시 잊은 상태.

두 남자의 눈이 마주친 것은 바로 그 순간이었다.

"흐음?"

'와우, 그와 아이 콘택트 했어!'

그런데 상대가 검을 뽑았다.

누가 말릴 새도 없이, 최원호는 올리버 앤더슨에게 곧장 돌진했다.

그리고 남자의 오른팔이 허공을 날았다.

✦

내가 감지한 것은 그 마력이었다.

'무색무취의 마력. 그런데 심하게 끈적거리는군.'

지독할 정도였다.

마치 수증기가 자욱한 한증막 속으로 걸어 들어가는 듯한 느낌마저 들었다.

나는 곧 그 힘의 주인을 발견할 수 있었다.

'외국인 헌터?'

진갈색 머리와 녹색 눈을 가진 외국인 헌터가 우두커니 서서 나를 향해 멍하니 입을 벌리고 있는 것이 보였다.

바로 그자가 이 자욱한 마력의 주인이었다.

정확히는 그 오른손에서 해일처럼 막대한 마력이 뿜어져 나오며 사위를 집어삼키는 중이었다.

심지어 점점 더 격렬해지고 있었다.

콰구구구구……!

걸어가던 나는 할 말을 잃고 말았다.

신인류의 마력이 이런 규모로 행사되는 것은 처음 보는 것이었다.

공간이 일그러져 보일 정도로 진득거리는 힘.

그런데 이상하게도 아무도 반응하지 않는다.

"……."

모두가 말없이 나만 바라보고 있었다.

마치 이곳에서 나 혼자만 저 마력의 존재를 느끼고 있는 것처럼 보였다.

나는 살짝 고개를 돌려서 이규란에게 물었다.

"혹시 뭔가 이상한 것 안 느껴집니까?"

"무슨 말씀이십니까?"

"그냥 사소한 거라도. 이상한 느낌 말입니다."

상황이 급하다보니 길게 설명할 수도 없었다.

다행스럽게도 이규란은 뭔가 느꼈는지 살짝 눈가를 찌푸리며 중얼거렸다.

"흠, 그리고 보니 뭔가 답답한 느낌이 듭니다. 더워지는 건가? 점점 더 그런 것 같기도 하고."

그녀는 손가락으로 목 언저리의 전투복을 잡아당기면서 답답함을 덜어보려고 했다.

그리고 다음 순간.

나는 이곳에 있는 대부분의 헌터들이 비슷한 행동을 취하고 있다는 것을 깨달았다.

모두가 목 근처로 손을 가져가고 있었다.

마치 물에 빠진 사람들처럼 숨구멍을 부여잡고 있었던 것이다.

심지어 정석진 마스터마저도!

나는 깨달았다.

'저 자식, 손 모양이……!'

그 헌터의 오른손이 뭔가를 강하게 움켜쥐는 것처럼 구부러져 있었다.

보이지 않는 모가지를 틀어쥐는 듯이, 힘껏 손아귀를 쥐고 있었던 것이다.

신인류의 마법이다.

'이런 미친! 시작부터 이 지랄이라고?'

상황을 파악하자 한숨이 푹 나올 수밖에 없었다.

무왕은 이스케이프 클랜 내부에도 제 끄나풀을 심어 둔 듯했다.

이건 분명 나를 노리고 준비한 신인류의 함정이었다.

하지만 피할 수 없는 상황.

'그럼 일단 어울려 줄 수밖에.'

빠르게 결정을 내린 나는 곧바로 해청의 칼자루를 움켜잡았다.

그러자 녀석이 기이한 웃음소리를 냈다.

─우후후후…… 나의 칼날을 세상에 꺼내 보일 때가 왔군……. 세상의 빛을 탐식하는 이 어둠을 보여 주마…….

'해청, 급하니까 헛소리는 나중에.'

─넵.

순간 나는 땅을 박차고 장내로 뛰어들었다.

동시에 신묘발도의 묘리를 전력으로 이끌어 내어 해청의 검신을 뽑아서 내던졌다.

녀석이 내 손을 떠난 순간, 눈앞으로 새로운 시스템 메시지가 번쩍였다.

[안내 : 지금부터 30초 동안 무기 '해청'에게 완전한 자율권이 주어집니다!]

[알림 : 상승된 격이 적용됩니다. 50% 강력한 파괴력을 사용할 수 있습니다.]

해청은 제대로 보이지도 않을 만큼 빠르게 비행했다.

그리고 다음 순간.

퍽!

헌터의 손목이 허무하게 공중을 날았다.

뒤늦게 흩뿌려지는 붉은 피는 현실이 아닌 곳에서 끄집어낸 것처럼 보였다.

기습 공격은 정확하게 목표를 이뤘다.

"……!"

"뭐, 뭐야?"

장내에 있던 모두가 그 모습을 보았지만, 무슨 일이 벌어졌는지 제대로 파악하지 못한 표정을 짓고 있었다.

해청은 그만큼 순식간에 상대의 팔목을 날려 버렸다.

나에게 돌아오며 스스로 감탄하기까지 했다.

-우와! '어둠의 칼'이라더니! 이거 '광속의 칼'이라고 해야 하는 것 아냐?

그래, 어둠의 칼.

내가 진세희와 기 싸움을 벌이는 동안, 해청의 영혼은 철만 아저씨의 손길에 힘입어 새로운 검으로 이식되었다.

　그 자체로도 꽤나 괜찮은 검.

　〈클리브 도르카다스〉

　[무기][S등급] 끝없는 검투장을 종결시킨 불굴의 검투사가 사용
하던 어둠의 검. 진품은 아니지만 그에 준하는 강력한 소재로 만들
어졌다.

　특수 : 어둠 속에서 사용될 때 +50%의 가속력 보너스가 주어진다.

　나는 영원 모래 미로의 장비 추첨권을 사용해서 이 검을
얻었고, 곧바로 해청의 새로운 몸으로 낙점했다.

　지금 그것이 올바른 선택이었음을 실감하고 있었다.

　해청은 이제 영물로서 가진 격을 온전히 발휘할 수 있게
되었다.

　〈흑해청(黑海靑)〉

　[무기][lv.6] 소멸의 위기를 극복한 해태의 영혼이 품고 있는 전
설적인 흑검.

　어둠의 자락 일부를 벼려내어 만들었기에 빛을 파훼하는 속성을
가지고 있다.

　특수 : 어둠 속에서 사용될 때 +50%의 가속력 보너스가 주어진다.

　효과 : 근력 +4, 민첩 +4, 체력 +2

귀속 권능 : 굉소, 이형, 해방, 탈피.

─크크큭, 흑화한다……!

자기 콘셉트에 딱 맞는 새 몸까지 얻은 녀석은 아주 신이 나서 웅웅거리고 있었다.

하지만 장내는 찬물을 끼얹은 것처럼 얼어붙은 상태였다.

옆에 있던 이규란마저도 입을 쩍 벌린 채 나를 바라보고 있었다.

내 기습 공격은 그만큼 충격적인 것이었다.

'그래도 덕분에 그 기분 나쁜 마력은 사라졌군.'

이제부터가 진정한 시작이지만 말이다.

내가 말없이 흑해청을 칼집으로 회수하자 '철컥' 소리가 났다.

그 소리가 침묵을 깨트렸고…….

팔을 잃은 외국인 헌터는 앞으로 무릎을 꿇으며 쓰러졌다.

"끄아아아악!"

절단통으로 몸부림치는 남자.

그리고 이스케이프 클랜의 헌터들은 나를 향해 일제히 무기를 뽑았다.

"배, 백수현 헌터! 어째서……!"

"의료 요원들! 어서 이쪽으로!"

"대체 무슨 짓입니까! 올리버 앤더슨은 우리 클랜이 초빙한 용병 헌터란 말입니다!"

"……."

지극히 당연한 의문과 적개심이었다.

이들의 입장에서 보자면 클랜 외부인이 대뜸 아군을 공격한 상황이었으니까.

슬쩍 고개를 들어보니 정석진 마스터 역시 딱딱하게 굳은 표정으로 마력을 끌어 올리고 있는 것이 보였다.

저 어마어마한 공력과 조금도 늙지 않은 얼굴은 무척이나 익숙한 것이었다.

그리고 춘향 선배가 있었다.

'정석진 마스터가 아이언팩토리에 지원 요청을 한 모양이군.'

여기저기에서 용병을 빌려오는 이스케이프 클랜의 방침 덕분에 올리버 앤더슨 역시 자연스럽게 잠입해 있었던 것 같다.

'신인류 놈들…….'

이제 나를 치겠다고 대놓고 선언한 무왕의 짓거리일 공산이 컸다.

하지만 그런 사실을 모르는 두 사람의 시선은 당장 내 얼굴을 꿰뚫을 것처럼 쏘아지고 있었다.

"저 미친 새끼."

"백수현 헌터, 올리버 앤더슨에게 갚아야 할 원한이 있었습니까?"

그나마 차분함을 잃지 않은 정석진의 질문.

저 외국인 헌터에게 갚아야 할 원한?

그런 게 있을 리 만무했던 나는 고개를 저었다.

"아뇨, 오늘 처음 봤습니다."

"그런데 어째서!"

워 메이지로부터 쏟아져 나온 마력이 일순 폭풍우가 되어 나를 후려쳤다.

묵직한 압박감.

나는 재빠르게 마력을 우산처럼 펼쳐서 그에 대응했다.

감상적인 기분이 되는 것은 피할 수 없는 일이었다.

'정말 하나도 안 변하셨네.'

옛 스승과 괜한 대거리를 할 필요는 없다.

나는 의료 요원들이 올리버 앤더슨의 팔을 접합하려는 것을 보며 정석진에게 말했다.

"죄송하지만 그 팔은 바로 붙이면 안 됩니다. 거기 반지가 있을 겁니다. 신인류가 만든 아티팩트 말입니다."

"반지라고? 그 붉은 반지 말인가?"

"네, 그겁니다."

정석진도 신인류의 반지에 대해 알고 있다면 이야기가 쉬울 듯했다.

그런데 바로 그때.

"개소리! 그건 개소리예요!"

뜻밖에도 춘향 선배가 나서며 고함을 질러 대기 시작했다.

그녀는 나를 향해 기이한 안광을 번쩍거리며 강력하게 주장했다.

"올리버는 방패 손잡이를 잡을 때 걸리적거리는 게 싫어서 손에 어떤 액세서리도 착용하지 않는다고 했어요! 그런데 반지라고? 그딴 게 있을 리가 없지! 이 자식이 어디서 어설픈 사기를 치려고!"

저 남자에게 반지가 없다고?

의료 요원들의 확인이 이어졌다.

"반지 없습니다!"

"팔찌도 없습니다!"

"……흠."

나는 인정할 수밖에 없었다.

'이번 함정이 꽤나 정교하게 만들어졌다는 것.'

그리고 태클을 걸어온 춘향 선배에 대해서도 다시 심각하게 생각해야만 했다.

'만약 저 선배도 신인류에 가담했다면?'

그럼 난 어떻게 해야 하는 거지?

간파하는 뉴비

대체 이게 무슨 일일까?

꿈을 꾸는 건가?

아니면 가변형 게이트에 처음으로 입장한 자신을 위해 준비한 마수걸이 몰래 카메라?

'말도 안 돼.'

이규란은 그야말로 엄청나게 당황한 상태였다.

게이트에 함께 들어온 백수현이 뭔가 이상한 느낌이 들지 않느냐고 물었을 때.

사실은 이미 그때부터 뭔가 수상한 낌새가 있긴 했다.

이 남자는 남들이 보지 못하는 것을 먼저 잡아내는 육감 비슷한 능력을 갖추고 있었으니까.

하지만 그 직후에 벌어진 일은 전혀 상상도 하지 못한 것이었다.

이스케이프 클랜의 마스터 헌터가 뻔히 보고 있는 앞인데!

그의 일원을 대놓고 공격하다니!

'세상에.'

순간 머릿속이 하얗게 되면서 아무것도 떠오르지 않았다.

그것도 단칼에 팔을 날려 버릴 줄이야.

지나치게 강한 헌터가 광기에 사로잡히면 이런 비극이 일어나는 것일까?

하지만 다음 순간이 되자 그녀는 비로소 상황을 이해할 수 있었다.

바로 '붉은 반지'가 거론된 덕분이었다.

'신인류의 반지……!'

그 아티팩트라면 이규란 역시 잘 알고 있었다.

심혁필이 자신을 억압할 때 사용한 바로 그 도구였으니 모르려야 모를 수가 없었던 것이다.

저 외국인 헌터가 신인류 조직원으로서 붉은 반지를 가지고 있었다면, 백수현이 대뜸 기습 공격을 가한 것도 충분히 이해될 수 있었다.

'그러고 보니 답답한 것도 사라졌다.'

목이 졸리는 느낌을 확실하게 느끼고 있었던 이규란은 방금의 기습이 갑작스럽기는 했어도 금방 납득될 것이라고 생각했다.

하지만 상황은 다시 반전되었다.

아이언팩토리의 봄향이 격한 어조로 반지의 존재를 반박했고, 실제로도 붉은 반지가 발견되지 않은 것이었다.

"그, 그게 무슨……? 반지가 없다니요?"

이규란의 떨리는 눈동자가 최원호를 향했다.

"그렇다고 하는군요."

하지만 그는 태연한 표정으로 남의 일을 말하는 것처럼 중얼거렸다.

이규란은 아연실색하며 목구멍을 쥐어짰다.

"백수현 마스터! 지금 그렇게 아무렇지 않게 말할 때가 아닌 것 같습니다만!"

그런데 돌아오는 대답.

"그래도 반지는 있습니다."

"……예?"

대체 무슨 소리를 하는 걸까?

지금 어디에도 반지가 없다는데!

이게 그 색즉시공 공즉시색이라는 건가?

'몰라. 모르겠다.'

이규란은 이해를 포기한 채 앞을 바라보았다.

하지만 새삼스레 몸이 떨려 왔다.

"……."

말없이 이쪽을 노려보고 있는 마법사의 존재 때문이었다.

한국 최고의 천재 마법사 정석진.

세븐 스타즈의 일원으로 꼽히지는 않았지만, 한국에서는 올노운만큼이나 거대한 존재감을 자랑하는 그 헌터로부터 어마어마한 노기가 쏟아지는 중이었다.

때문에 이규란은 영원 모래 미로에서보다 더 큰 불안을 느끼고 있었다.

과연 여기서 살아 나갈 수 있을까?

"정석진 마스터."

최원호가 입을 연 것은 바로 그때였다.

"그 팔을 찢어서 열어 봐야 합니다."

"뭐, 뭐? 뭐라고? 너 진짜 미쳤어?"

봄향이 고함쳤지만 최원호는 아랑곳하지 않았다.

"팔을 찢고 파헤쳐서 신인류의 반지가 위치한 곳을 찾아내야 한다는 말입니다. 반지는 분명히 그 안에 있을 겁니다."

"……!"

베테랑 마법사의 표정도 와락 일그러졌다.

당연한 일이었다.

정석진은 게이트를 공략할 때도 희생을 최소화하기 위해서 엄청난 노력을 기울이는 사람이었다.

그런데 멀쩡한 팔을 대뜸 잘라 놓고 심지어 그것을 파헤치는 것까지 논하고 있었다.

올리버 앤더슨은 영원히 팔을 잃어버리게 될지도 모른다.

'대체 무슨 근거로!'

모두가 분노하던 그때.

"만약 붉은 반지가 나오지 않으면 제가 팔 하나를 내놓겠습니다. 이러면 되겠습니까?"

"……!"

돌이킬 수 없는 폭탄선언.

반드시 끝까지 가겠다는 말과도 같았다.

"허허……!"

비로소 정석진의 눈빛이 서서히 가라앉았다.

"백수현 마스터께서는 정말로 이 친구가 신인류의 일원이라고 생각하는 겁니까?"

"예."

"……마지막으로 한 번만 더 묻겠습니다. 확신할 수 있습니까? 만약 아니라면 우리는 '두 사람'의 팔을 잃게 되는 겁니다. 엄청난 비극이겠지요."

만약 팔을 파헤쳤는데 신인류의 반지가 발견되지 않는다면.

정말로 그의 팔을 가져가겠다고 천명한 것이다.

즉, 핏값이었다.

그런데 정석진은 의외의 대답에 얼어붙고 말았다.

"단 '두 사람'의 팔로 끝나면 다행이겠죠. 여기에 신인류의 끄나풀이 몇 명이나 더 있을지는 아무도 모르는 겁니다. 정석진 마스터."

"……!"

이스케이프 클랜에 잠입한 신인류 조직원이 더 있을지도 모른다.

그 말에 가만히 침묵에 잠긴 정석진.

스승을 대신하듯 앞으로 나선 봄향의 목소리가 파르르 떨렸다.

"너, 방금 엄청난 실례를 저지른 거야. 감히! 우리 이스케이프 클랜을 어떻게 보고……!"

"당신은 아이언팩토리 소속 아닌가?"

"전 소속 클랜이야!"

"오, 그래?"

당연히 알고 있는 부분.

하지만 최원호는 모르는 척 능청을 떨면서 봄향을 정면으로 바라보았다.

"그렇다면 '식인 난쟁이의 퍼즐 마을'에서 배우는 교훈에 대해서도 알고 있겠네? 이스케이프 클랜의 교육 코스 중 하나잖아."

"뭐? 그 퍼즐 마을? 거길 어떻게?"

"잊었다면 내가 알려 줄까? 가까운 것을 가장 먼저 의심하고, 시작된 의심은 끝까지 가져가라. 이제 기억나나?"

"……"

"……."

그 말에 정석진과 봄향은 나란히 고개를 돌려 서로를 바라보았다.

'마스터, 그 퍼즐 마을이라면……?'

'4년 전에 폐쇄한 그 게이트다. 퍼즐 난이도가 너무 어려워져서 훈육 용도로는 사용하지 않기로 했던 곳인데…….'

그리고 'zero9'이라는 콜네임이 스코어보드 1위를 기록하고, 누구에게도 그 자리를 양보하지 않았던 게이트인데.

"당신이 어떻게 거길 알고 있는 거야?"

"그건 나도 묻고 싶군요, 백수현 마스터. 혹시 예전에 우리 클랜의 일원이었습니까? 하지만 그건 꽤 예전의 교육 코스인데."

두 사람이 나란히 의문을 표했다.

하지만 최원호는 대답하지 않았다.

그저 조용히 올리버 앤더슨을 바라보았을 뿐.

시선에 담긴 의미를 읽은 정석진은 한숨을 푹 내쉬었다.

"알겠습니다. 당신이 신인류 조사단의 특무조장으로서 내리는 판단과 의심을 한번 믿어 보겠습니다."

"……고맙습니다."

눈빛으로 의료 요원들을 뒤로 물린 최원호.

그는 곧장 올리버 앤더슨을 향해 성큼성큼 다가갔다.

"어, 노우! 노우! 안 돼! 아니야! 나, 뉴타입이 아니야!

That's a misunderstanding! 우리 사이, 오해가 있는 것 같아!"

잘린 오른팔을 왼손으로 쥐고 있던 올리버는 공포에 질린 채 더듬더듬 뒷걸음wlf을 쳤다.

앞서 살아 있는 화살처럼 쏘아져 날아와 팔목을 날려 버린 그 신비로운 검격을 떠올렸던 탓이다.

하지만 이번엔 달랐다.

탓-!

최원호는 직접 땅을 박차고 돌진했다.

'이 목표는 아주 작아서 놓치기 쉬우니까.'

그는 직접 흑해청을 뽑아서 표적을 향해 길게 휘둘렀다.

칼집 속에서 어둠을 머금고 예리함을 더한 해청.

그 칼끝이 팔뚝의 어느 부분을 찢고 침입한 그 순간.

팅!

붉은 광채를 띤 작은 동그라미 하나가 허공으로 툭 튀어 올랐다.

……바로 그 반지가.

"이럴 수가……."

"저, 정말로? 말도 안 돼!"

정석진과 봄향.

반신반의하던 두 사람은 물론, 지켜보던 모든 헌터들의 눈에 경악의 감정이 깃드는 순간이었다.

이스케이프 클랜이 수락산 입구 부분에 설치한 베이스캠프.

"……앉으십시오, 백수현 마스터."

"감사합니다."

최원호와 정석진이 테이블을 사이에 두고 서로를 마주하고 있었다.

두 사람 앞에는 시원한 음료가 담긴 컵이 놓여 있었으나 손을 대는 이는 없었다.

당연한 일이었다.

'지금은 누구도 믿을 수 없으니까.'

이 음료를 준비한 헌터 역시 검증되기 전까지는 신뢰할 수 없었던 것이다.

정석진은 내심 한숨을 내쉬었다.

'무슨 이런 일이 다 있는지.'

하지만 어찌 보면 다행이기도 했다.

일이 걷잡을 수 없이 커지기 전에 미리 예방할 수 있는 기회가 된 셈이니까.

'과연 예방할 수 있을지는 모르겠지만 말이야.'

앞서 최원호가 올리버 앤더슨의 팔을 헤집어 신인류의 반지를 찾아낸 직후.

정석진은 즉시 공략을 중지하고 출구를 통해 게이트를 빠져나갈 것을 명령했다.

　다행스럽게도 '가짜 여신의 산중 유배지'의 게이트 출구는 그리 멀리 있지 않았다.

　게이트를 나오자마자 정석진은 수하들에게 명령했다.

　"우리 이스케이프는 '내부 보안'을 확보할 때까지 게이트에 진입하지 않습니다. 전원 베이스캠프에서 대기하십시오."

　"전원 대기!"

　"전원 대기!"

　이스케이프 클랜의 게이트 이탈과 무기한 대기.

　이 소식은 순식간에 퍼져 나갔다.

　[더 게이트] 〈속보〉 정석진과 이스케이프 클랜, 수락산 게이트 탈출한 것으로 파악

　[영웅일보] 이스케이프 클랜, '역류 임박' 게이트 공략 포기? 현재 확인 불가…… 왜?

　게이트 근처에 상주하고 있던 기자들이 곧바로 속보를 내서 언론 보도를 시작한 덕분이었다.

　그 결과, 정석진의 전화는 불이 난 것처럼 울어 대고 있었다.

-김서옥 : 정석진 마스터?

-김서옥 : 전화 좀 받아 주세요.

-김서옥 : 무슨 일인지 설명해 주셔야 제가 서울시장님
과 이야기를 할 수 있습니다.

-김서옥 : 최대한 빨리 전화 부탁드립니다!

하지만 정석진은 최원호와 독대하는 중이었다.

그럴 수밖에 없었다.

지금 그에게는 서울시장 따위가 문제가 아니었다.

자칫 클랜의 존립이 위태로운 상황이었다.

-또 누가 신인류 조직원일지 모른다.

모두가 그것을 인지했기에 이스케이프 클랜원들 사이의
분위기는 무척이나 이상해진 상태였다.

서로가 서로를 의심 어린 시선으로 바라보고 있었다.

-또 누가 신인류일까.

그런데 기이하게도 정작 올리버 앤더슨은 자신이 신인류
가 아니라며 극구 부인하고 있었다.

몸속에서 신인류의 반지가 뻔히 발견되었음에도 불구하고

자신의 모든 것을 걸 수 있다고 강변하며 강력하게 결백을 주장하고 있었던 것이다.

그리고 놀랍게도 최원호는 그것을 수용했다.

"미스터 앤더슨의 팔을 붙여 주십시오."

그는 신인류의 반지만 조용히 회수한 뒤 올리버가 치료를 받을 수 있도록 허락했다.

오히려 의료 요원들이 당황했다.

"그, 그래도 되겠습니까?"

"이 사람, 신인류잖습니까!"

최원호는 고개를 가로저었다.

"물론 그럴 확률이 크지만, 또 아닐 수도 있습니다."

"예? 그게 무슨 말씀입니까?"

"미안하지만 다 자세히 설명할 순 없습니다. 지금은 절 믿고 움직여 주십시오."

의료 요원들은 꺼림칙한 표정이었으나 이내 치료를 시작했다.

상대는 신인류 조사단의 특무조장이며 전 세계적으로 화제를 모으고 있는 대형 헌터 '백수현'.

뭔가 공개할 수 없는 기밀 사항이 있겠거니 생각할 따름이었다.

그 덕분에 올리버 앤더슨은 잘려 나간 팔뚝을 다시 붙여 둘 수 있었다.

하지만 정석진은 그에게 강력한 금제 마법을 걸어서 아예 걸음을 걷지 못하도록 조치해 두었다.

그리고 독방에다 가둬 두기까지 했으니, 사실상 족쇄를 찬 죄수나 다름없었다.

"그렇게까지 하실 필요는 없을 텐데요."

"아뇨. 사실 전 모든 부하들에게 똑같은 조치를 취하고 싶은 것을 꾹꾹 참고 있는 중입니다. 사실은 백수현 마스터보다도 의심이 많은 인간이라서 말이지요."

"……모두가 신인류일 가능성이 있다?"

"예, 그리고 단 한 사람도 잃고 싶지 않으니까요."

"수하 헌터들을 많이 아끼시는군요."

"허허, 이 바닥에서 남는 건 사람밖에 없지요."

최원호는 안경 너머의 옛 스승을 조용히 응시했다.

그러자 정석진 역시 최원호를 바라보았다.

모처럼 지친 표정이 된 마법사가 입을 열었다.

"난 신인류가 아닙니다. 도대체 이걸 어떻게 증명해야 할지 모르겠지만 말입니다."

상대가 자신을 의심하고 있으리라는 것을 짐작하며 변명처럼 내뱉은 말이었다.

그의 말에 최원호는 피식 웃었다.

'증명이라…….'

옛 스승의 결백을 검증해야 하는 입장이 되었다는 것이 좀 우습기도 했다.

하지만 신인류와 대결하기 위해서는 반드시 필요한 일.

이제부터 시작이다.

최원호는 조용히 입을 열었다.

"증명의 방법이 있습니다. 이스케이프 클랜 전원에게 사용할 수도 있겠지요."

그러자 정석진은 크게 반색했다.

"방법이 뭡니까? 말씀해 주십시오. 바로 진행하겠습니다."

하지만 마법사는 이내 표정을 굳힐 수밖에 없었다.

최원호가 제시한 방법.

"각자 모든 정신 방벽을 무너뜨리고 내면세계를 공개하는 겁니다."

"예……?"

"그럼 신인류에 가담했는지 여부를 검증할 수 있겠죠. 반지가 있거나 없거나 상관없이 말입니다."

"백수현 마스터, 그건……!"

"괜찮으시겠습니까?"

"……."

당연히 괜찮을 리가 없다.

마법사에게 내면세계를 공개하라는 것은, 알몸이 되라는 말이나 마찬가지였으니까.

"다른 방법은 없겠습니까?"

정석진은 심각한 눈빛으로 상대를 바라보고 있었다.

그는 그냥 고요하게 앉아 있었다.

달리 할 말이 없었으니까.

그러자 상대가 고민한다고 생각했던 정석진은 보다 간곡한 목소리로 말했다.

"백수현 마스터, 다른 방법이 있다면 알려 주십시오. 마법사가 내면세계를 공개하는 것은 생각보다도 어려운 일입니다."

최원호는 그 말에 건조하게 대꾸했다.

"어렵다는 것은 알고 있습니다. 하지만 다른 방법은 없습니다."

"……"

씁쓸한 얼굴로 고개를 숙이는 정석진.

잠시 생각하던 최원호는 그에게 몇 가지 설명을 덧붙였다.

신인류가 가지고 있는 마력 패턴의 특이함.

그 붉은 반지를 품고 있다고 해서 반드시 신인류에 가담했다고 보기는 어렵다는 것.

그들의 악랄한 수법과 목적까지.

"……이런 상황이다 보니 결백함을 제대로 검증하기 위해서는 내면세계 공개 이외에 다른 방법이 없다는 것이 제 결론입니다."

"무슨 말씀인지는 알겠습니다."

"쉽게 결정할 문제가 아니라는 것도 이해합니다. 하지만 이스케이프 클랜이 포기하면 아무것도 되지 않는다는 점을 알아 주십시오, 정석진 마스터."

그리고 최원호는 입을 꾹 다물었다.

정석진은 침음을 흘리며 생각에 잠겼다.

마법사가 내면세계를 공개한다는 것.

그것은 자신이 가진 마법적 노하우와 기술적인 비밀들이 상대에게 공개될 수 있음을 감수하는 일이었다.

마법은 최초의 게이트와 함께 등장한 마력을 이용하는 신비 기술으로서, 그 사용자의 정신세계와 깊이 결착되어 있었으니.

정신 장벽을 모두 무너뜨리고 상대의 탐침을 수용하는 것은 그러한 부작용을 야기할 수밖에 없었던 것이다.

결국 정석진이 내린 결론.

"안 되겠습니다. 그건 불가능합니다."

불가 판정이었다.

그는 고개를 떨어뜨렸고, 최원호의 눈빛은 앉게 가라앉았다.

"그렇습니까? 다른 방법은 없다고 분명히 말씀드렸습니

다만."

"예."

"……."

최원호의 표정은 조금도 변하지 않았다.

하지만 그는 속으로 깊은 한숨을 내쉬고 있었다.

'결국 선생님도 믿을 수 없게 되는 건가?'

사실 그는 정석진이 이 제안을 받아들이기를 간절하게 원하고 있었다.

완벽한 익명의 안경과 포커페이스 덕분에 티가 전혀 나지 않았을 뿐.

그는 자신의 옛 고용주이자 마법 스승을 신뢰할 수 있게 되기를 누구보다 절박하게 희망했다.

하지만.

'어쩔 수 없구나. 어쩔 수 없겠어…….'

정석진이 자신의 제안을 거부한 이상, 신뢰를 주고받는 것은 물 건너 간 것이었다.

그는 마음을 다잡으며 옛 스승을 잠재적 신인류로 생각하기 시작했다.

그런데 바로 그때, 입술을 꾹 깨물고 있던 정석진이 의외의 제안을 해 왔다.

"백수현 마스터, 외람된 말씀이지만 '상호 공개 방식'은 어떻겠습니까?"

"……상호 공개라면?"

"그러니까 검증을 하는 입장에서도 내면세계를 공개해서 서로 신뢰를 주고받는 식으로……."

"아."

최원호는 그만 피식 웃고 말았다.

그의 반응을 오해한 정석진은 고개를 푹 숙이며 사과했다.

"아닙니다. 죄송합니다. 못 들은 걸로 해 주십시오. 제가 너무 무리한 말씀을 드렸습니다. 우리 클랜과 아무런 관계도 없는 백수현 마스터에게 지나친 요청을 했습니다."

사실 검증을 하는 입장에서도 내면세계를 공개해 달라는 것은 도무지 말이 안 되는 이야기였다.

그래야 할 이유가 전혀 없었으니까.

양측에서 모두 내면세계를 공개한다면, 검증을 받는 입장에서야 당연히 좋은 일이었다.

만약 상대가 엉뚱한 마음을 품고 이상한 것을 들춰 내려고 한다면 그 역시 반격할 수 있기 때문이었다.

즉, 똑같은 위험 부담을 공유하게 되는 것이다.

'백수현 헌터 입장에서는 감당할 필요가 없는 일이지. 쓸데없는 헛소리를 했어.'

정석진은 착잡한 기분으로 한숨을 내쉬었다.

하지만 최원호는 고개를 끄덕였다.

"좋습니다. 그렇게 하시죠."

"예? 그게 무슨 뜻이십니까?"

"방금 말씀하신대로 상호 공개 방식으로 하자는 뜻입니다."

"어, 어째서 그걸……?"

어째서 그 제안을 승낙하느냐고?

'내가 최원호니까.'

정석진과 봄향을 비롯한 이스케이프 클랜원들은 최원호에게 완전한 타인이 아니었다.

한때 생사고락을 함께했던 동료였고, 치열한 성장기를 동시에 통과한 동지였다.

그리고 지금, 최원호는 다시 한 번 그들을 필요로 하고 있었다.

신인류라는 미증유의 적수에 대항하기 위해서 더 많은 아군을 확보해야만 했던 것이다.

'그리고 어차피 정석진 마스터라도 나의 내면세계를 다 읽진 못할걸.'

장담할 수 있었다.

이 천재 마법사마저도 자신의 정신계 전체를 훑어보는 것은 불가능했다.

야수계에서 겪은 어마어마한 경험은 인간 헌터의 기준에서는 설명하기조차 어려운 없는 광대한 내면세계를 만들어주었다.

그러니 오히려 충격으로 인해 내상을 입지 않도록 배려할 필요가 있었다.

'지금 시점에서 정석진 마스터가 감당할 수 있는 선에서 제한해야겠다.'

……그리고 또 하나.

긴장된 표정의 정석진에게 최원호는 새로운 이야기를 던졌다.

"검증은 저 혼자 진행하는 게 아닙니다."

"그건 무슨 말씀입니까?"

"저는 정석진 마스터와 봄향 헌터 두 분만 검증하겠습니다. 그럼 두 분은 다른 마법사들을 두 명씩 검증하십시오. 그리고 그들은 또다시 두 명씩."

"……!"

"시작은 가장 믿을 만하고 실력 있는, 알파 팀의 마법사들이 좋겠네요."

"그러니까, 하향식으로 피라미드를 만들면서 속도를 내자는 말씀이군요?"

"맞습니다."

서른 명가량의 헌터들이 모여 있는 상황.

최원호 한 사람이 일일이 검증을 하는 것은 시간 낭비이며 불필요한 리스크를 짊어지는 일이기도 하다.

'검증을 받는 입장에서도 나보다는 같은 소속에게 받는 쪽이 조금이라도 더 낫겠지.'

어디까지나 피검증자가 신인류가 아니라는 가정이 성립한
다면 말이다.

만약 이들 중에 의도적으로 신인류 조직과 결탁한 헌터가
있다면 그는 필사적으로 반항하려 들 것이다.

그놈이 범인이다.

"……자, 그럼 시작하시죠."

팔을 걷어붙인 최원호는 서서히 마력을 일으키기 시작했다.

그러자 정석진은 굳은 표정으로 고개를 끄덕였다.

한차례 깊게 심호흡한 두 사람은 나란히 정신 방벽을 허물
어뜨리고 마나의 파장을 통해 의식을 교환하기 시작했다.

[권능 : '배신자 하이에나의 그림자'.]

[정보 : 상대의 정신 방벽이 무력화되어 있습니다. 효과가 크게
증가합니다.]

최원호는 정석진을 향해서 짙은 어둠을 투사하여 그 내면
을 샅샅이 훑기 시작했고…….

[스킬 : '마인드 익스플로어'.]

정석진은 자신의 정신 마법을 이용하여 최원호의 내면세
계 내부로 진입했다.

그는 어디까지나 검증을 받는 입장이었기 때문에 뭔가를 파헤칠 생각은 없었다.

하지만 이미 당황한 상태였다.

[경고 : 상대의 정신 방벽이 무력화되어 있습니다만, 탐사할 범위가 지나치게 넓습니다.]

"……!"

마치 거대한 정글 한복판에 떨어진 것 같았다.

그것도 머리 위에 햇빛 한 줄기 들어오지 않을 만큼 장대하고 복잡하게 성장한 정글.

"이런 미친."

그 한복판에 선 정석진은 저도 모르게 중얼거렸다.

감히 끝이 어디인지도 파악하기 힘들 정도로 거대한 내면 세계의 등장에 그는 멍하니 얼어붙은 상태였다.

그러다가 문득 고개를 돌렸다.

뭔가 익숙한 것을 발견한 탓이었다.

정글을 빽빽하게 채우고 있는 나무들 중 하나에게 꽂혀 있는 길쭉한 물건.

"얼음나무 지팡이잖아?"

이스케이프 클랜에서 처음 헌터 생활을 시작하는 뉴비들에게 지급하는 마법 지팡이였다.

직접 검수하고 마법 효과를 부여하는 아티팩트였기에 착각할 수도 없었다.

'도대체 백수현 헌터는 우리 클랜과 무슨 관계인 거지? 정말 우리 소속이었던 건가?'

이것만큼은 알아야겠다.

가만히 다가간 정석진은 그 지팡이를 집어 들었다.

그리고 그 끝단에 박힌 이름을 발견하고 눈을 부릅떴다.

'제로……?'

　-zero9.

4년 전, 차원 역류로 영영 볼 수 없게 된 어린 제자의 콜네임이 그곳에 새겨져 있었던 것이다.

정석진의 혼란스러운 시선을 느낀 최원호는 조용히 웃었다.

'열심히 고민하고 계십쇼.'

검증을 마친 그는 정석진과의 정신 연결을 끊더니 몸을 돌려 바깥을 향해 입을 열었다.

"춘향 헌터님께 들어와 달라고 전해 주십시오."

　　　⌄⌄⌄

최원호가 정석진의 내면세계를 뜯어보고 있던 그때.

"그럼 인터뷰는 이것으로 마치겠습니다. 고생하셨습니다, 한채미 헌터님."

"감사합니다, 기자님. 기사 잘 부탁드려요. 호호!"

"아유, 그럼요! 팬으로서 멋지게 펜을 휘둘러 보겠습니다!"

"하하하! 유쾌하셔라……."

블랙핑거 클랜에 남아 있던 최신우는 취재 기자들과 다대일 인터뷰를 마치고 자리를 정리하던 중이었다.

"하, 부럽다."

"이제 완전 대형 헌터 취급이네."

"나도 저런 개인 인터뷰 한번 해 봤으면 소원이 없겠다……."

기자를 배웅하는 최신우를 향해 클랜원들의 시선이 쏟아지고 있었다.

세컨드 헌터인 도승아가 인터뷰 룸으로 들어온 것은 바로 그때였다.

"한채미 팀장, 로비에 손님들이 찾아왔대."

손님들?

"뭐지? 이제 찾아올 기자는 없는데요?"

"응? 그래? 프론트 데스크에서는 백수현 헌터 때문에 왔다고 하면 한채미 헌터가 알 거라고 하던데……?"

"잡상인은 아니겠죠?"

"설마."

최신우는 뺨을 긁적이며 곧바로 몸을 일으켜서 로비로 나가보려 했다.

그런데 도승아가 그것을 저지했다.

"잠깐만. 근데 그 손님들 중 한 사람이 뭔가 이상했대. 느낌이 아주 오싹한 게, 심혁필 같은 느낌이었다나?"

"같이 온 사람들이 아니에요?"

"응, 아까 10분 정도 간격을 두고 두 사람이 찾아와서, 일단 인터뷰 중이라고 하면서 기다려 달라고 해 뒀대."

그 순간 비행기 모드가 해제된 최신우의 핸드폰에 메시지가 떠올랐다.

　−이코 오빠 : 인터뷰 잘 끝났니?

　−이코 오빠 : 오늘 너한테 손님이 한 사람 갈 거니까 만나 봐~

　−이코 오빠 : 아마 꽤나 유익할 거야

손님 한 사람이라…….

그런데 유익할 거라고?

'누가 온 거지? 아무튼 한 사람은 내 손님이 맞는 것 같은데. 다른 하나는……?'

어쨌거나 직접 가서 확인해 봐야했다.

최신우는 머리를 긁적이며 로비로 향했다.

그러자 그 옆으로 도승아가 따라붙으며 동행하기 시작했다.

그녀가 불안한 표정을 짓고 있는 것을 보며 최신우는 머쓱하게 웃었다.

"이러실 거까지는 없는데요."

"아냐. 혹시 모르니까 같이 가 보자."

"……."

퍼스트 헌터가 나서자 예닐곱 명의 헌터가 더 따라붙었다.

그들이 자신의 뒤를 줄줄이 따라오는 것을 보며 최신우는 민망함을 느낄 수밖에 없었다.

'너무 유난 떠는 것 같은데.'

하지만 도승아의 걱정이 기우가 아니었음은 머잖아 증명되었다.

여자들이 클랜 하우스의 로비에 도착한 그 순간.

"어? 저 사람은 '헌드레드' 아냐?"

우선 최신우를 향해 빙긋 미소 짓는 귀여운 인상의 남자가 보였고.

"선배, 저 사람…… 마력 패턴 느껴져요?"

"그래, 왠지 심혁필 그 자식이랑 너무 비슷한 느낌인데……."

"으, 소름."

헌드레드의 뒤편에서 스윽 나타난 남자가 또 하나 있었다.

모자를 꾹 눌러 쓰고 얼굴을 가렸지만 그 껑충한 키는 가리지 못한 남자.

그가 헌드레드와 마찬가지로 최신우를 향해 입꼬리를 싸악 말아 올리며 웃음을 지은 순간.

"무왕!"

"그, 그 사람이야!"

모두의 머릿속에 위험을 알리는 경광등이 번쩍 켜지는 듯했다.

상황을 알아차린 최신우가 앞으로 튀어나가면서 헌드레드를 향해 소리쳤다.

"물러나요! 어서 피해!"

순간 로비의 모든 것이 폭발했다.

블랙핑거의 클랜 하우스 로비에서는 매캐한 연기가 피어오르고 있었다.

만신창이가 되어 나가떨어진 채 피를 게워 내면서 고통스러워하는 헌터들.

"크어억."

"허, 허어어……."

"선배! 정신 차리세요!"

그들은 무왕이 일으킨 난데없는 폭격에 전혀 대비하지 못했다.

대부분이 전투 불능이 빠지고 말았고, 그나마 가까스로 마력을 끌어 올려 뒤로 몸을 피한 도승아는 스스로를 자책하는 중이었다.

'제기랄! 제기랄! 내가 미리 와서 저놈의 정체를 확인했어야 하는 건데……!'

본인 때문에 정문이 맥없이 뚫렸다는 생각이었다.

당연한 말이지만, 프론트 데스크의 직원은 신인류의 '무왕'에 대해 제대로 알지 못했다.

직접 만나 본 적이 없었으니 놈이 정확히 어떻게 생겼는지 또 어떤 느낌을 풍기는지 알 도리가 없었던 것이다.

놈에 대해 아는 것은 라미아 게이트에 들어갔던 최원호 남매와 다섯 헌터들 뿐.

그중 한 사람이자 세컨드 헌터로서 도승아는 깊은 낭패감과 죄책감을 느끼고 있었다.

그리고 깊은 절망감.

'저놈은 신우를 노리고 있을 거야. 백수현 헌터와 가깝다는 것을 파악하고 인질로 삼을 속셈이겠지!'

하지만 그녀를 보호할 방법이 없는 상황이었다.

사하라 사막에서 큰 성장을 거둔 블랙펭거의 수뇌부가 전부 집결해 있다면 대응할 수 있을 듯했지만.

지금은 도승아 혼자였다.

"스, 승아 선배……."

"살려 줘요……."

"제, 발……."

죽어가며 신음하는 수하들이 곳곳에 널브러져 있었다.

차마 눈 뜨고 볼 수 없는 아비규환에 도승아는 차라리 이 흙먼지가 영원히 내려앉지 않았으면 좋겠다는 생각마저 떠올리고 있었다.

그런데 바로 그때.

"이 쒜끼야아아아!"

끼아아아앙–!

자욱한 흙먼지 속에서 날카로운 고함소리와 쇳덩어리들이 맞붙는 충격파가 함께 터져 나왔다.

도승아는 번쩍 고개를 들며 소리쳤다.

"신우, 아니, 한채미 헌터……!"

그러자 돌아오는 응답.

"승아 선배! 부상자들을 추려요! 이 새끼는 저와 헌드레드 헌터가 맡을게요!"

그 말에 도승아는 곧바로 움직이기 시작했다.

채 걷히지 않은 흙먼지 속에서 최대한 많은 이들을 끄집어 내서 조금이라도 안전한 곳으로 옮기는 작업.

가장 가까운 곳에서 폭격에 직격당했을 최신우와 헌드레드가 어떻게 살아남은 것인지는 나중에 생각해 볼 문제였다.

곧이어 먼지 안개가 가라앉은 뒤.

"세상에! 한채미 헌터!"

"괘, 괜찮은 거야?"

도승아를 포함하여 의식이 있던 헌터들은 모두 경악할 수밖에 없었다.

최신우와 헌드레드가 나란히 피 칠갑을 한 모습으로 상대를 맹렬하게 노려보고 있었던 것이다.

"저 개자식이, 여기가 어디라고……!"

"무왕이라니, 전 아직 세컨드 헌터로 등록도 안 했는데 너무 거물을 만났네요. 하, 다시 생각해 보고 싶어라."

흡사 양동이로 붉은 피를 들이부은 것처럼 시뻘겋게 물든 두 사람의 몰골은 모두를 놀라게 하기에 충분했다.

하지만 그것은 상대의 피.

오히려 두 사람의 눈빛은 조금도 꺾이지 않고 형형했다.

특히 최신우는 상대를 씹어 먹을 것처럼 맹렬한 투기를 드러내고 있었다.

"네놈이 고안한 방법에 거꾸로 당하니 기분이 어때? 개빡치지? 또 터트려 봐! 두 배, 세 배로 돌려줄 테니까! 이 씨박새끼야!"

"……."

그녀의 욕설에 무왕은 말없이 침묵을 지켰고, 옆에 있던 헌드레드는 약간 놀란 상태였다.

'역시 잘못 느낀 게 아니었어.'

최신우가 사용한 반격 기술은 '반사 증폭 마법'이었다.

신인류가 올노운과 무진 그룹을 공격할 때 써먹었던 바로 그 반사 증폭 마법!

무왕이 폭발을 일으킨 시작된 순간, 그녀는 몸을 날리는 것과 함께 착용하고 있던 방어구를 작동시켰다.

그러자 마력의 진행 방향이 뒤집히며 거꾸로 무왕이 그 대미지를 뒤집어쓰고 말았다.

'신기하네.'

어떻게 그 마법을 정확하게 본떠서 방어구에 적용하고 완벽한 타이밍에 사용할 수 있었던 것일까?

방어 마법 컨트롤이라면 누구에게도 지지 않는다고 자부하는 자신조차도 전개가 조금 늦는 바람에 대미지를 일부 허용하고 말았는데.

헌드레드는 최신우의 대담하면서도 정교한 실력에 첫 번째로 감탄했고…….

"야, 주둥이 고장 났냐? 왜 말이 없어? 아, 설마 그건 똥구멍인가? 그럼 똥구멍으로 처웃으면서 덤벼 보라고! 이 멸대 같은 쒜끼야아아!"

'어떻게 저렇게 욕을 찰지게 할 수 있는 거지? 어디서 따로 배웠나?'

어지간한 블랙 헌터들만큼이나 걸쭉한 욕설과 위협적인

노호성을 퍼부으며 달려드는 최신우의 모습에, 헌드레드는 두 번째로 감탄하고 있었다.

그녀의 황소 같은 기세는 허장성세가 아니었다.

신체 강화 마법을 극성까지 전개한 최신우는 제법 뛰어난 체술을 선보이며 무왕을 압박하기 시작했다.

그리고 헌드레드를 향해 소리치는 그녀.

"집중해서 제대로 받쳐 줘요! 내가 오늘 여기서 저 새끼 목을 딸 거니까!"

콰콰콰쾅!

섬광과 굉음이 연달아 치솟았다.

자신의 오빠만큼은 아니었으나 최신우 또한 영원 모래 미로에서 무척이나 큰 폭의 성장을 겪었다.

그 결과, SR급 최상위권에 도전할 수 있는 경지에 올랐으니.

슈욱―!

퍼버버버벅!

헌드레드의 후방 지원에 힘입어 상대를 미친 듯이 몰아붙이면서 확연하게 승기를 잡은 모습이었다.

"……."

반사 증폭으로 인해 가슴 한복판이 터져 나간 무왕은 2 대 1이라는 수적 열세를 극복하지 못하고 계속해서 뒤로 물러나고 있었다.

'말도 안 돼.'

'정말 여기서 신인류의 간부를 제압하게 되는 건가?'

'진짜 대형 헌터가 됐구나……!'

희망이 어린 눈으로 최신우의 움직임을 지켜보는 헌터들.

그런 기대에 부응하듯, 그녀는 점점 더 속도를 올리며 무왕을 몰아쳤다.

"죽엇!"

이대로라면 정말로 최신우가 무왕을 제압하는 것을 볼 수 있을 듯했다.

하지만 다음 순간.

"쿨럭!"

헌드레드의 입에서 격렬한 기침과 함께 핏물이 분수처럼 터져 나왔다.

그리고 최신우의 후위를 받치며 무왕의 움직임을 방해하던 마법이 뚝 끊어지고 말았다.

앞서 기습 공격에서 입은 내상이 커지며 일순 마력 체계가 역류한 탓이었다.

"허, 헌드레드 헌터가!"

"어머, 어떡해!"

"피해요! 한채미 헌터!"

대결을 지켜보던 이들이 비명을 내질렀다.

빈틈이 생겼음을 알아차린 최신우는 재빨리 무왕과의 거

리를 벌리며 물러나려 했다.

하지만 상대는 그 틈을 놓치지 않았다.

순간적으로 뛰쳐나온 무왕이 최신우의 손목을 덥석 움켜 잡았다.

"부실한 합격술은 안 하느니만 못한 것이지."

음산한 웃음을 터트리는 무왕.

그리고 폭발을 준비하듯이 하나의 조준점을 향해 자신의 마력을 집중시키기 시작했다.

최신우는 상대의 눈을 노려보며 어금니를 부드득 갈았다.

"그래, 또 해 보시든가!"

그녀는 아까와 마찬가지로 자신의 방어구에 장착된 반사 증폭 기능을 이용하여 폭격을 받아칠 생각이었다.

이번에도 상대의 화력을 배가하여 대미지로 돌려준다면?

'무왕이 아니라 무신이 와도 못 버틸 거다!'

확실하게 상대를 쓰러뜨릴 수 있으리라는 판단이었다.

그런데 순간 눈앞으로 메시지들이 떠올랐다.

[경고 : 현재 마력 운용에 강력한 간섭이 일어나고 있습니다.]

[알림 : 방어구 '비어 있는 수혼갑'의 부가 기능을 일시적으로 사용할 수 없습니다.]

아티팩트에 마력이 주입되지 않는다.

최원호가 미리 안배해 준 마법을 써먹을 수 없게 된 것이었다.

"어디 또 한 번 해 보거라, 이 건방진 년아."

"······!"

마치 고압 전류를 흘려 넣어서 기계를 망가뜨리는 것처럼, 무왕은 자신의 마력을 최신우에게 때려 넣고 있었다.

폭격을 받아칠 방법을 원천 봉쇄한 것이다.

절체절명의 상황.

"젠장. 첫 끗발이 개끗발이라더니."

손바닥으로 입가의 핏물을 훑은 헌드레드가 억지로 다시 마력을 일으키기 시작했다.

아직 계약서도 안 쓴 입장이지만 눈앞에서 여자가 죽어 나가는 것은 차마 볼 수 없었다.

설령 마력 체계가 망가지는 한이 있더라도 꽁무니를 뺄 수는 없었다.

'젠장, 망가지면 백수현 마스터가 어떻게든 해 주겠지. 빌어먹을.'

입술을 꾹 깨물며 욕설을 뇌까린 헌드레드가 마력을 전개하려던 그때.

"······신우야!"

어디선가 중년 남자의 노호성이 터져 나오며 공간 전체를 뒤흔들었다.

묵직한 굉음과 함께 로비의 바닥이 내려앉은 것 역시 그 순간이었다.

콰아아아아앙!

거대한 은색 금속의 팔이 바닥에서 튀어나오며 무왕의 몸을 후려쳤다.

아래에서 튀어나오며 한 번.

솟구쳐 오른 무게감을 이용하여 재차 내리 찍으며 또 한 번!

쾅-!

상대는 황급히 방어벽을 만들어 팔의 공세를 막아 냈으나, 최신우를 놓치고 튕겨 나가는 것은 피할 수 없었다.

무왕은 새롭게 등장한 인물과 그가 부리는 기계 팔을 바라보며 흥미롭게 웃었다.

"흠, 네놈이 그 마이스터 손이라는 놈인가?"

"그래, 내가 손철만이다. 이 빌어먹을 놈아!"

손철만.

무왕과 최신우 사이로 끼어들어 상황을 멈춰 세운 이는 세계적인 아티팩트 명장이었다.

지하 작업실에서 나타난 중년인의 모습에 대다수 블랙핑거 헌터들은 놀란 눈이 될 수밖에 없었다.

"소, 손철만 명장!"

"뭐야? 그 마이스터가 어째서 우리 클랜에……?"

"승아 선배, 설마 지하층과 최상층에 들어온 세입자가 손
철만 장인이었던 거예요?"

지켜보던 그들은 한마디씩 떠들었고, 최신우는 한숨을 푹
내쉬고 있었다.

"죄송해요, 아저씨. 저 때문에 보안이 깨졌네요."

심지어 오빠와 함께 만들고 있던 아티팩트까지 모습을 드
러내게 된 상황이었다.

거인갑.

무왕을 덮친 금속의 팔은, 최원호가 손철만에게 만들어 달
라고 요청했던 바로 그 아티팩트였다.

최원호가 야수계에서 있던 시절부터 사용했던 방어구이자
무기.

아직 미완성 상태였지만 한 사람쯤 날려 버리기에는 전혀
부족함이 없는 괴물이기도 했다.

"어쩔 수 없지. 너를 잃는 것보다야 보안을 잃는 것이 백
배 나은 일 아니겠냐."

손철만의 시선이 그녀의 손목에 머물렀다.

무왕에게 붙잡혔던 그 부분이 시커멓게 되어 있었다.

최신우, 손철만, 헌드레드는 나란히 똑같은 생각을 떠올
렸다.

'저놈, 전력을 다하고 있는 것이 아니다.'

첫 공격이 반격당한 것은 미처 예상하지 못했던 것 같지만.

그 이후로는 100%를 사용하지 않고 최신우와 헌드레드를 상대하고 있었다.

손철만과 거인갑이 합류했다고는 하나, 무왕을 상대로 승리를 장담할 수는 없는 상황이었다.

그러니까…….

"튀죠."

"응?"

"뭐라고요?"

"오빠가 있는 곳으로 도망가자고요. 그게 가장 낫겠어요."

"……!"

이 '비어 있는 수혼갑'에는 반사 증폭 이외에 또 하나의 안전장치가 달려 있었다.

바로 구조 알림이었다.

-야, 빙신우. 일정 수준으로 대미지를 받으면 위치와 충격값이 나한테 메시지로 날아오도록 설정되어 있으니까 그렇게 알고 있어라.

-아! 왜! 오빤 날 그렇게 못 믿어?

-응, 못 믿어.

-…….

최원호는 그 기능을 추가한다고 했을 때는 사생활 침해라며

투덕거렸지만 지금은 추가해 두길 잘했다는 생각이 들었다.

그 덕분에 싸움이 시작된 순간 최원호도 상황을 인지했을 것이다.

그리고 지금 그는 한국 내 최강 이스케이프 클랜과 함께하고 있으니, 아예 그쪽으로 몸을 피하는 것이 여러모로 낫다는 판단이었다.

'어차피 저놈은 날 잡으러 온 거니까 내 뒤를 따라오겠지.'

최신우의 제안에 손철만과 헌드레드는 나란히 고개를 끄덕였다.

"그래, 그게 낫겠구나."

"저도 동의합니다. 이미 블랙핑거 클랜의 피해가 너무 큽니다."

"오케이."

두 사람의 동의를 얻고 목표를 바꾼 최신우는 천천히 마력을 전개하기 시작했다.

그리고 저벅저벅 다가오는 무왕을 향해 손바닥을 펼쳤다.

[스킬 : '스모킹 박스'.]

한 치 앞도 보이지 않을 정도로 자욱한 연무.

마력마저 감춰 버리는 지독한 흰 안개가 사방을 휘어잡았다.

[알림 : 수혼갑에서 충격이 감지되었습니다.]

[알림 : 산출된 충격값은 319, 287, 356······.]

[알림 : 현재 위치는 서울특별시 마포구 합정동······.]

최원호는 봄향과 마주하고 있었다.

난데없이 떠오른 메시지 너머로 그녀는 눈물을 흘리고 있었다.

"너, 정말 제로야?"

"······."

"진짜 최원호냐고!"

게이트를 빠져나와서 모든 인원들이 베이스캠프에서 대기하기를 명령 받은 뒤.

백수현과 정석진이 독대한다는 이야기를 들었을 때.

봄향이 느낀 감정은 불쾌함이었다.

딱 꼬집어서 말할 수는 없었지만 뭔가 기분이 나쁘고 더러웠다.

마치 일어나서는 안 될 일을 막지 못한 느낌.

'왜 그럴까?'

고민하던 그녀는 이내 한 사람의 기억을 떠올렸다.

그건 바로 최원호에 대한 기억이었다.

얼마 전 용인 라미아 게이트가 폐쇄된 뒤, 브리핑 현장에서 기자들을 두고 앉은 백수현은 자신을 향해 이렇게 말했었다.

—좀 적당히 하시죠. 정도란 게 있는데.

브리핑에 어깃장을 놓으며 귀찮게 구는 자신을 향해 충분히 할 수 있는 말이었다.

그리고 길거리의 어느 누가 중얼거리더라도 그리 특별할 것 없는 평범한 언어의 조합이기도 했다.

그런데 그 순간, 그녀는 얼음물을 끼얹은 것처럼 소름이 끼치는 것을 느껴야만 했다.

'그 말투와 목소리…….'

그리고 분위기까지.

자신의 머릿속에서 도저히 지워 버릴 수 없는 한 남자의 모습이, 마치 밤하늘의 폭죽처럼 강렬하게 그려지는 순간이었다.

백수현에게는 그런 느낌을 유발하는 구석이 있었다.

그래서인지 봄향은 그가 불편하고 짜증스러웠다.

"……젠장."

게이트에 나타난 그놈이 대뜸 칼을 던져서 올리버 앤더슨의 팔을 날려 버렸을 땐 대놓고 나서서 싸우고 싶을 정도였다.

그런데 그 외국인 헌터에게 정말로 붉은 반지가 있었다니.

그러고도 자신은 신인류가 아니라며 박박 우기고 있는 상황이라니.

"하, 대체 뭐가 뭔지 모르겠네."

멍하니 중얼거리던 그녀는 문득 이맛살을 찌푸렸다.

"아니, 그래도 너무한 거 아냐? 클랜 마스터에게 한마디는 하고 싸움을 시작해야지!"

봄향은 억지로 화를 내고 있었다.

머릿속에 맴도는 남자의 얼굴을 털어 내기 위해서라도, 상대에 대한 적개심에 불을 붙여야만 했다.

그때였다.

"저, 춘향 선배님? 지금 마스터께서 찾으신다고 하는데요."

"봄향이거든!"

"아, 죄송합니다."

그녀는 말을 전해 준 후배 헌터를 한 대 쥐어박을까 하다가 그만두었다.

이미 이스케이프 클랜을 떠나서 외부인이 된 입장이기도 했지만, 그 목소리가 또다시 떠오른 탓이었다.

-좀 적당히 하시죠. 정도란 게 있는데.

최원호.

콜네임은 zero9.

별명은 영구.

"······젠장."

잊을 수 없는 그 존재를 어쩔 수 없이 상기하며 그녀는 몸을 일으켜서 옛 스승을 찾아갔다.

그리고 인상을 찡그렸다.

"왜 그런 표정을 짓고 계신 거예요? 어디 한 대 맞으셨어요?"

이상하게도 정석진이 얼빠진 사람처럼 눈을 꿈뻑거리고 있었으니까.

중년의 마법사는 입을 멍하니 벌린 채 백수현을 바라보고 있었는데, 그것은 봄향이 단 한 번도 본 적이 없는 표정이었다.

철두철미하기로 유명한 스승은 무엇 하나 더듬는 법이 없는 천재였으니까.

앞에 앉은 놈이 입을 연 것은 바로 그때였다.

"앉으십시오. 그리고 정신 방벽을 모두 허물어뜨리십시오. 지금부터 제가 당신의 내면세계를 훑으며 신인류에 가담한 적이 있는지 검증할 겁니다."

"……뭐라고?"

선 넘네, 이 새끼가.

봄향은 욕설이 목젖까지 차오르는 것을 꾹 누르며 눈에 쌍심지를 켰다.

"야, 백수현. 이 밤톨만 한 새끼가 어디서! 정신 방벽? 내면세계? 너 그게 마법사한테 무엇을 뜻하는 건지나 알아? 무장해제라고! 무장해제!"

"……."

"왜! 차라리 옷도 다 벗으라고 하지 그러냐? 아주 팬티까지 벗어 줘? 그러면 되겠냐! 만족할래!"

이제 존댓말 따위는 아무래도 좋다.

봄향은 어차하면 상대와 치고받는 것까지 불사할 생각이었다.

하지만 정석진이 입을 열자 그녀는 합죽이가 될 수밖에 없었다.

"그렇게 해라, 춘아. 나도 했으니까."

"……예?"

"나도 백수현 마스터를 통해 '검증'을 받았다는 말이다. 정신 방벽을 허물고."

'세상에……!'

봄향은 입을 쩍 벌렸다.

마법 실력으로만 따지자면 대한민국에서 따를 사람이 없

는 정석진이다.

그런 그가 정신 방벽을 허물고 내면세계를 훑어보도록 허락했다니.

"스, 스승님!"

대체 무슨 일이 벌어진 것일까.

봄향은 단말마 같은 비명을 내질렀다.

하지만 그 다음 순간, 놀라운 이야기가 흘러나왔다.

"그리고 나 또한 백수현 마스터의 내면세계를 들여다보았다. 피차간 '상호 공개'를 규칙으로 한 덕분이지."

"상호 공개요……?"

봄향은 마른침을 꿀꺽 삼키며 상대를 돌아보았다.

안경 너머로 감정이 느껴지지 않는 눈동자가 자신을 바라보고 있었다.

"그래. 그럴 필요가 없는데도 백수현 마스터는 순전히 나의 결백을 입증해 주기 위해서 호의를 베풀어 준 것이다. 어떻게 감사를 표해야 할지 모르겠구나."

어쩐지 떨리는 스승의 목소리.

대체 백수현의 내면세계에서 무엇을 보았는지 정석진은 무척이나 복잡한 감정이 담긴 눈이었다.

"나를 믿고 그의 말을 따라 보거라. 그러면……."

"그러면요?"

"……확실해지겠지."

여전히 알 수 없는 눈빛을 교환하는 정석진과 백수현.

'확실해진다.'

봄향은 그 말을 신인류 검증에 관한 것으로 이해했다.

백수현에게 내면세계를 내어 보이면 신인류가 아닌 것으로 '확실해진다'는 뜻으로 알아들은 것이다.

'좋아. 상호 공개라면 해 볼 만하지.'

그렇잖아도 이 남자의 머리통을 열어 대체 어떻게 되어 먹은 인간인지 낱낱이 뜯어보고 싶던 차였다.

봄향은 상대를 향해 고개를 끄덕였다.

"그래요. 합시다! 시작해!"

기다렸다는 듯이 인간의 마법과 야수의 권능이 엮이기 시작했다.

　　[권능 : '배신자 하이에나의 그림자'.]

　　[스킬 : '사이킥 리모팅'.]

두 사람은 서로의 허물어진 정신 방벽을 지나, 무방비로 펼쳐진 내면세계에 접속했고.

　　[경고 : 상대의 정신 방벽이 무력화되어 있습니다만, 탐사할 범위가 지나치게 넓습니다.]

　　[경고 : 일부 지역에서 위험을 감지했습니다. 주의하십시오!]

"……응?"

정글에 내려앉은 봄향은 눈살을 찌푸렸다.

상대의 내면세계가 지나치게 넓어서 전부를 탐사할 수 없고.

심지어 정신적인 위험 요소마저 가지고 있다는 것 또한 무척 놀랍기는 했지만.

"이, 이게 왜 여기에……?"

정글 한복판에 놓인 낯익은 지팡이를 발견하자 뒷덜미가 오싹해졌다.

아무것도 생각나지 않고 머릿속이 아득해지는 느낌.

일부러 무너뜨려 둔 정신 방벽이 또 한 번 붕괴하는 듯한 감각마저 일었다.

얼음나무 지팡이.

그녀 역시 잘 아는 물건이었다.

그 물건이 확실하다는 것을 깨닫자 어떤 예리한 '예감'이 뒷덜미를 스쳤다.

이것의 주인은……?

−선배, 좀 적당히 하세요. 정도라는 게 있잖아요!

설마. 설마 아니겠지.

'아닐 거야. 그럴 리가 없어!'

그 아이는 4년 전에 차원 역류에 휘말려 실종됐잖아.

'영영 돌아올 수 없는 사람이란 말이야!'

하지만 얼음나무 지팡이의 끝자락에 박힌 콜네임을 확인한 순간.

그녀는 완전히 무너져 내렸다.

"제, 제로나인?"

최원호……! 최원호!

몸을 일으킨 봄향은 미친 듯이 정글을 달리기 시작했다.

나는 간단히 결론을 내렸다.

"두 분 모두 신인류와 전혀 무관하다는 것을 확인했습니다."

"……."

"……."

굳은 얼굴로 눈을 감고 있는 춘향 선배는 아직 나의 내부에서 영향력을 거두지 않은 상태였다.

그녀는 정말로 내가 '최원호'인지 확인하기 위해 온갖 정신 요소들을 훑어보고 있는 중이었다.

그리고 정석진 마스터는 말을 고르고 있는 눈치였다.

마법사는 이내 한숨을 내쉬었다.

"너, 영구구나."

"원호입니다."

"영구."

"원호라고요."

"허허허허허!"

웃음을 터트리는 스승님.

하지만 그는 울고 있었다.

턱 아래로 뚝뚝 떨어지는 눈물에 내가 다 민망할 지경이었다.

"안경, 그 안경 좀 벗어 보거라."

나는 순순히 그 말대로 해 주었다.

완벽한 익명의 안경이 제공하는 인식 왜곡 기능이 해제된 순간.

"너, 정말 제로야?"

고개를 든 춘향 선배가 나를 바라보고 있었다.

"진짜 최원호냐고!"

정석진 마스터를 포함하여 이스케이프 클랜에서 내 본명을 알고 있던 사람은 몇 사람 되지 않는다.

그중에 춘향 선배도 있었던 것은 순전히 그녀의 집념 덕분이었다.

하도 나를 쫓아다니다 보니 결국 알아낸 것.

나는 정신 방벽을 끌어 올리며 조용히 웃었다.

"가짜 최원호도 있습니까? 날 따라 하긴 어려울 것 같은데."

"……."

그녀도 울기 시작했다.

졸지에 두 사제를 울려버린 나는 머쓱하게 옆통수를 긁적일 수밖에 없었다.

그때 메시지들이 떠올랐다.

[알림 : 수혼갑에서 충격이 감지되었습니다.]

[알림 : 산출된 충격값은 319, 287, 356…….]

[알림 : 현재 위치는 서울특별시 마포구 합정동…….]

신우에게 입혀 두었던 '비어 있는 수혼갑'이 보내 온 알람이었다.

나는 두 사람에게서 잠시 시선을 거두고 그 정보들을 분석하기 시작했다.

'충격값이 300 내외라고? 그럼 꽤 크게 싸웠다는 건데? 무슨 일이 있었던 거지?'

마포구 합정동.

위치 정보를 보건대 여동생은 아직 블랙핑거 클랜 하우스에 있는 듯했다.

그렇게 생각한 순간.

[알림 : 대상이 이동 중입니다. 현재 위치는 서울특별시 마포구 서교동······.]

그 위치가 움직이기 시작했다.

신촌, 광화문, 대학로······.

'뭐지? 엄청나게 빠른데?'

잠시 의아해졌던 나는 신우 녀석이 비행 마법 스킬을 쓰고 있다는 사실을 깨달았다.

신우 또한 사하라 사막에서 어마어마한 경험치를 거두며 레벨 업을 했고.

아주 섬세하게는 어렵더라도, 꽤 강력한 비행 마법을 사용할 수 있게 된 것이다.

'방향은 북서쪽. 그러니까 이쪽이라는 말인데.'

블랙핑거의 클랜 하우스에서 전투가 벌어졌고.

적지 않은 충격량이 감지되었으며.

비행 마법을 전력으로 전개해서 내가 있는 쪽으로 날아오고 있다는 것.

"······."

뭔지는 모르겠지만 좋지 않은 예감이었다.

분명 심상찮은 사건이 벌어진 것이다.

'대비해야겠네.'

나는 서둘러 몸을 일으켰다.

그러자 마주한 두 사람의 눈동자가 흔들렸다.

정석진 마스터와 춘향 선배는 '최원호의 귀환'이라는 충격적인 사건에서 아직 헤어나지 못한 상태였다.

하지만 내가 야수계와 인간계를 오갔던 것에 대해 따로 설명할 필요는 없었다.

앞서 내가 두 사람의 내면세계를 훑어보며 신인류와 연관점이 없음을 확인한 것과 마찬가지로, 그들 또한 내 과거를 훑어보았다.

그러니 나에게 있었던 일을 충분히 이해하고 있을 것이다.

"선생님, 춘향 선배, 두 분은 지금부터 이스케이프 클랜원들을 검증해 주세요. 빠르면 빠를수록 좋습니다."

"······그래."

"아, 알았어."

"만약 누군가 핑계를 대면서 검증을 거부하는 사람이 있다면 순서를 뒤로 미루세요. 닦달할 필요 없습니다."

방금 내가 했던 것과 마찬가지.

"정말로 결백한 사람이라면 다시 순서가 왔을 때 검증에 임할 거고. 만약 신인류라면 뭔가 돌발 행동을 벌일 겁니다."

"돌발 행동이라······."

"어, 어떤······?"

"글쎄요."

나는 베이스캠프 바깥으로 보이는 게이트를 바라보았다.

발각된 간자가 취할만한 돌발 행동.

"둘 중 하나겠죠. 도망치거나, 뒤늦게나마 원래의 목표를 달성하기 위해 무리수를 두거나."

"흐음. 그래, 무슨 말인지 알겠다."

"넌 어디 가는 거야?"

내가 다시 완익경을 쓰며 몸을 돌리자 춘향은 불안한 표정으로 물었다.

신우가 그랬듯 또 내가 사라질까봐 두려운 모양이다.

"멀리 안 갑니다. 해후의 축배는 조금 있다가 들죠."

[알림 : 대상이 이동 중입니다. 현재 위치는 서울특별시 강북구 우이동⋯⋯.]

거의 다 왔군.

이제 완전하게 사용할 수 있게 된 '폭격조 송골매의 날개' 를 펼치며, 나는 베이스캠프 바깥으로 나섰다.

❦

〈방금 들어온 속보입니다. 방금 서울시 상공에 정체를 알 수 없는 헌터들의 추격전이 벌어져 시민들이 불안에 떨고 있다는⋯⋯.〉

〈아까 저기 횡단보도 옆에 서 있었는데 헌터들이 엄청난 속도로

날아가더라고요! 키가 큰 남자가 뒤를 쫓고 있었고요…….〉

〈유광명 차원통제청 대변인은 신고를 받은 즉시 조사국 요원들
이 급파되었다고 발표했으며, '차원 관문 및 각성자 관리에 관한 특
별법' 위반 혐의를 따져서 해당 헌터들을 조사할 방침이라고…….〉

"……갑자기 이게 다 무슨 일이야?"

인천국제공항에 나와 있던 채윤기 과장은 미간을 팍 찌푸
린 채 스마트폰 화면을 바라보고 있었다.

난데없이 서울 하늘에서 추격전이라니…….

"사무실에서 난리가 났겠는데."

이 정도라면 채윤기 역시 차원통제청의 조사관으로서 긴
급 출동을 해야 하는 상황이었다.

하지만 오늘은 따로 맡은 일이 있으니 그럴 수가 없었다.

어차피 여기서 서울까지 돌아가면 상황은 전부 끝나 있을
것이다.

삐리리릭…….

전화가 울리기 시작했다.

자신의 상관인 김준식 조사국장의 전화였다.

"예, 국장님. 채윤기입니다."

—그래, 채 과장. 아직 인천이지? 방금 뜬 기사 봤나?

"대충 봤습니다. 갑자기 무슨 일입니까?"

—아직 정확하게는 파악이 안 됐는데, 대강 정보 취합을 해

보니 합정역 근처에 있는 블랙핑거 클랜 하우스에서 뭔가 무력 충돌이 있었던 것 같아.

"예? 블랙핑거 클랜이라면?"

ー맞아, 자네가 처음 백수현 헌터를 만났고, 마력 체계 장애로 현역에서 은퇴했던 한채미의 소속 클랜 말이야. 잘 알지?

"……예, 잘 압니다."

알다 뿐이겠나.

채윤기는 블랙핑거 클랜원들과 라미아 게이트에서 생사의 기로를 함께 넘겼었다.

그중 한 사람과는 사적으로 연락을 주고 받고 있을 만큼 친밀한 사이가 되기도 했다.

ー대략 30분 전에 블랙핑거 사옥에서 상당히 큰 마력 폭발이 있었다는군. 일전에 무진 그룹이 당했던 그 경우와 비슷한 것 같아.

"마력…… 폭발 말입니까?"

ー그래, 다행히 중상자나 사망자는 없다는데, 상황 파악에 시간이 좀 걸리고 있어. 아무래도 신인류 놈들의 소행인 듯 같아.

"그렇군요. 다행입니다."

죽은 이는 없다는 말에 채윤기는 안도의 한숨을 푹 내쉬었다.

그러자 김준식 국장이 작게 웃음을 지었다.

ー요즘 자네가 연애한다는 소문이 있던데, 정말인가 보군.

"……그런 건 아닙니다."

-아닌 게 아닌 것 같은데. 뭐 아무튼, 그런 일이 있었고, 거기서 서너 명의 헌터들이 뛰쳐나와서 서울 북부를 가로지르면서 이동했다는 제보야. 일단은 여기까지 파악된 상태네.

"알겠습니다."

채윤기가 간단히 대답하자 김준식 국장의 목소리가 살짝 변했다.

-채 과장, 내가 왜 부하 직원에게 직접 상황 보고를 해 두는지는 알고 있겠지?

그 질문에 채윤기는 고개를 끄덕였다.

"혹시라도 VVIP가 질문하는 경우에 즉시 정보를 제공할 수 있어야 하기 때문이겠지요."

-그래, 맞아. 그거야.

"걱정하지 마십시오, 국장님."

-존 메이든 헌터에게 최선을 다해. 여자 친구는 잠시 잊고 여자 친구를 대하듯이 하란 말이야!

"그가 저를 남자 친구로 보지 않을 것 같습니다만."

-크흠…….

존 메이든, 세계 랭킹 1위의 헌터.

각국의 최강자들이 모여 있는 세븐 스타즈에서도 수위를 차지하고 있는 헌터이자, 미국을 대표하는 골든실드 클랜의 수장.

그 초대형 거물이 곧 인천국제공항을 통해 한국으로 들어
올 예정이었다.

채윤기 과장은 그 존 메이든을 마중하기 위해서 공항에 나
와 있는 상황이었다.

국장의 목소리가 다시 낮아졌다.

-아무튼 최선을 다하도록 해. 올노운 마스터는 아직도 의식
불명인데, 진세희 마스터는 여전히 신인류 조사단 업무에 협조
적이지가 않아.

남동생을 잃은 그녀는 차원통제청장의 연락도 제대로 받
지 않는 중이었다.

-그러니까 존 메이든 헌터에게 신인류 조사단에 관해 설명
해 줄 사람은 자네밖에 없단 말이지. 알겠나?

"……알겠습니다."

채윤기는 자신의 임무가 상당히 과중하다는 것 또한 선명
하게 인지하고 있었다.

말이 안 되는 일이었다.

따지고 보면 존 메이든은 미국 대통령에 준하는 거물급
인사.

사실상 국빈이 방문하는 수준으로 격을 갖추어야 했으니,
이 자리에는 채윤기 과장이 아니라 김서옥 청장이 직접 나와
있어도 모자랐다.

'세계 최강의 헌터.'

존 메이든이라는 이름값은 그런 것이었다.

그런데도 이곳에 채윤기 한 사람만이 나와 있는 것은, 당사자가 직접 그렇게 요청을 한 탓이었다.

김서옥 청장, 나의 이번 방문은 최대한 조용히 진행하고자 한다. 어디까지나 올노운의 병문안과 한국에서 유독 심하게 준동하는 신인류에 대해 파악하고자 하는 목적이므로, 소란스럽게 하는 것은 오히려 방해가 될 것⋯⋯.

자신의 존재감을 철저히 감추겠다는 존 메이든의 통보에 김서옥은 장단을 맞춰 줄 수밖에 없었다.

이제 곧 비행기가 착륙할 시간이다.

"국장님, 그럼 다시 연락드리겠습니다."

ㅡ그래. 수고해. 무슨 일 있으면 바로 전화하고.

"예."

전화를 끊고 입국장에 선 채윤기는 스마트폰을 잠시 만지작거리다가 주머니에 넣어두었다.

블랙핑거 쪽의 상황이 신경 쓰이긴 했지만, 일단 사적인 용무는 잠시 미뤄 두고 곧 나타날 최강의 헌터를 맞이하는 것에 집중해야만 했다.

그리고 다음 순간.

"⋯⋯미스터 메이든?"

"오, 나이스 투 밋 유."

채윤기는 야구 모자를 깊게 눌러 쓴 남자와 마주했다.

❦

최신우는 북서쪽을 향해 빠르게 날아가는 중이었다.

그녀의 앞쪽에는 로켓의 형태로 모습을 바꾼 거인갑에 올라탄 손철만이 앞장을 서고 있었고, 그 바로 뒤편에는 헌드레드가 따라붙고 있었다.

한데 헌드레드의 얼굴은 핏기가 다 빠져나가서 새하얗게 된 상태였다.

옆에서 헌드레드의 모습을 보는 최신우는 안타까움으로 입술을 깨물 수밖에 없었다.

'젠장! 왜 이렇게 약골이야!'

물론 헌드레드가 약골은 아니었다.

단지 싸움이 시작될 때 입은 타격이 워낙 컸을 뿐.

가장 가까이에서 대미지를 입은 상황에서 비행 마법을 전력으로 전개하느라 내상을 회복할 틈이 없는 것이 문제였다.

슈우우우우우-!

바로 뒤에서 바짝 추격해 오는 상대.

무왕은 마치 잡은 쥐를 가지고 노는 고양이처럼 그들을 풀어놓고 속도를 조절하며 뒤쫓아 오고 있었다.

최신우는 그놈이 사용하는 기이한 공력의 흐름을 느낄 때마다 이를 악물어야만 했다.

'분명히 평범한 마력이 아닌데.'

대체 뭘까?

귓가를 스칠 때마다 모골이 송연해지는 이 느낌.

그녀의 오빠가 지나가는 투로 말했던 '신인류의 마력'이라는 건가?

아니면 무왕이 가진 고유한 힘일까?

"……엿 같네."

뭐가 됐든 끔찍스러운 것은 매한가지다.

그녀는 내심 두려워하고 있었다.

죽음이 아니라 기만을 걱정하는 중이었다.

'지금 내가 함정에 걸린 건 아닐까?'

조금만 속도를 더하면 세 사람을 따라잡을 수 있을 텐데 무왕은 그렇게 하지 않고 있었다.

그 모습에서 최신우는 혹시 이게 함정이 아닐까 뒤늦게 떠올린 것이었다.

그렇다면 무왕은 자신들을 길잡이로 삼아서 최원호를 찾아내려는 속셈이었다.

상대의 뜻대로 움직여 주는 것이나 다름없는 상황.

하지만 다른 방법이 없었다.

'지금은 무조건 오빠의 도움이 필요해.'

저 괴물 같은 놈을 직접 상대하는 것은 아까의 시도로 충분했다.

깔끔하게 포기해 일을 더 키우지 않고 능력이 되는 사람에게 맡기는 것이 옳다는 판단이었다.

오히려 더 빨리 뛰었어야 했다.

"허억, 허억……!"

헌드레드의 상태가 시시각각 나빠지고 있었으니까.

"헌드레드 헌터! 조금만 더 가면 돼요!"

"하, 한채미 헌터……. 전…….'"

뭐? 난 틀렸다고?

어디서 그딴 나약한 소리를!

최신우는 개똥 같은 소리 집어치우라고 소리치고 싶었다.

하지만 이 모든 것이 자신의 탓인 것 같아서 차마 입을 열지 못했다.

그래도 뭐라도 힘을 줘야 하는데.

희망이 다시 칙칙하게 변해 가던 그 순간…….

번쩍.

어디선가 검광이 일더니 그 직후 폭음이 터졌다.

콰아앙!

대결이 시작된 것이다.

마치 꼬리를 길게 늘어뜨린 유성들이 치고받는 것처럼.

또는 두 갈래의 번개가 격렬한 왈츠를 추는 것처럼.

각자의 검을 쥔 최원호와 무왕이 전투를 벌이기 시작했다.

[정보 : 권능 '폭격조 송골매의 날개'의 현재 활성화 정도는 72%
입니다.]
[안내 : 활성화 정도를 조정하여 위력을 끌어 올릴 수 있습니다.]
[경고 : 권능 '설원 검치호의 사냥술'이 퓨리 에너지를 과도하게
소모하고 있습니다. 주의하십시오.]
[……]

온갖 기능이 달린 우주비행선을 한계 이상으로 과속시킨
다면 이런 느낌일까?
십수 개의 시스템 메시지들이 내 눈앞으로 떠오르고 사라
지기를 반복하고 있었다.
모처럼 벌어진 용호상박의 전투와 그 긴박함을 증명하는
듯했다.
-주인! 오른쪽! 오른쪽이야! 이번엔 왼쪽!
'알고 있어. 제발 조용히 해.'
나는 날개를 펼친 맹금이 되어 공중을 헤집으면서 상대를
몰아붙였다.
영원 모래 미로에서 달성한 레벨은 77.

이제 어지간한 SSR급 랭커들도 간단히 찍어 누를 수 있을 경지를 되찾았으니, 승산은 굳이 따져 볼 필요도 없다고 생각했다.

하지만 지금, 약간은 오만했음을 인정해야만 했다.

상대는 무왕이었다.

'……먹는 무는 아니었나 보네.'

'없을 무'도 아니었던 것 같고.

놈은 말 그대로 무학(武學)의 정점에서 선 제왕이었다.

어마어마한 실력을 보여 주고 있었다.

"재밌군. 재밌어! 이리 뛰어난 줄 알았다면 진즉에 네놈을 찾아왔을 텐데!"

다소 시끄럽긴 했지만.

"크하하하하!"

광소를 터트리면서도 놈이 택하는 투로와 구현되는 무리는 흠결이 없었다.

끊임없이 움직이는 검.

좌측에서 수평으로.

중앙에서 멈췄다가 우상단을 접하며 다시 한 번.

그런데 소리가 없다.

——!

칼날이 공기를 가르며 내는 파공음 따위가 전혀 들려오지 않고 있었던 것이다.

심지어 제대로 보이지도 않을 만큼 끔찍하게 빠른 쾌검.

타타타타탕!

보이는 것은 금속이 맞닿으며 일어나는 섬광들뿐이었고.

들려오는 것은 칼날의 격돌에서 파생되는 파찰음이 전부였다.

궤적이 제대로 보이지도 않는 수준에서 검격이 교환되고 있었다.

"더! 더 놀아 보자! 나를 즐겁게 해 보아라!"

"⋯⋯."

자칫 뭐가 뭔지도 모른 채 온몸이 난자당할 수도 있는 양상이었다.

하지만 나는 기어이 받아 내고 있었다.

실수도 용납하지 않았다.

감탄이 나올 정도로 정교하면서도 속도가 빠른 것은 사실이지만⋯⋯.

"출력이 약해."

그렇다면 힘으로 찍어 누르는 것도 방법이다.

고도를 높인 나는 과감하게 움직였다.

[안내 : 권능 '폭격조 송골매의 날개'를 중지했습니다.]

까마득한 상공에 나를 띄우고 있던 날개에서 힘을 거두는 것과 동시에.

[권능 : '해결사 황소의 뿔'.]

[알림 : 막대한 퓨리 에너지가 응집됩니다. 권능의 활성화 수준이
한계점에 도달합니다!]

모든 에너지를 딱 하나의 권능으로 집중시킨 것이다.

해결사 황소의 뿔.

내가 모래 미로 4구획의 환상 속에서 어머니와 아버지를
만났던 그때.

오우거로 위장한 점악마종들로부터 탈출하기 위해서 사용
하려 했던 권능.

우드득!

이마에서 두 개의 뿔이 돋아났다.

강력한 마력으로 끓어오르며 증기를 피워 올리는 쌍각(雙脚).

〈해결사 황소의 뿔〉

[권능] 마나 또는 퓨리 에너지를 두 개의 뿔로 집약하여 사출한
다. 두 뿔은 얇은 장막의 형태로 된 기력을 흘려보내어 상체를 보호
할 수 있다.

이는 상체 전부를 강화하고 방어하는 동시에, 공격 용도로

도 사용할 수 있는 권능이었다.

'그리고 또 하나.'

나는 새로운 의지를 몸 구석구석으로 밀어 넣었고, 새로운 뜻에 따라 모든 에너지 결정체들이 일제히 속성과 방향을 바꾸었다.

그리고 만들어진 것은 하나의 흐름이었다.

지금까지는 내가 인간으로서 야수의 힘을 빌려서 사용하고, 각각 따로 노는 마나 에너지와 퓨리 에너지를 선택해서 쓰는 방식이었다면⋯⋯.

'이제는 하나로 합친다.'

세비지 에너지(savage energy).

분노가 마나와 결합되어 만들어지는, 광폭 동력(狂暴動力)을 운용하기 시작한 것이다.

지력, 마력, 의념 스탯이 충분히 올라온 덕분이었다.

"뭔가, 뭔가 변했군. 뭐지? 뭘 하려는 것이냐?"

무왕은 흥미롭다는 듯 안광을 번쩍이며 캐물었다.

난 대답하지 않았다.

대신 행동으로 보여 주었다.

날카롭게 돋아나서 기이한 수증기를 피워 올리는 황소의 뿔을 앞세운 채⋯⋯.

"아가리를 찢어 주마."

상대의 가슴팍을 향하여 일직선으로 떨어져 내렸다.

콰직!

두 개의 뿔이 상대의 가슴팍을 뚫고 박혔다가 뽑혀 나왔다.

무왕이 나를 향해 두 눈을 부릅뜨는 것이 보였다.

방금 내가 보여 준 기습적인 돌진을 믿을 수가 없다는 표정이었다.

심장이 터졌을 텐데.

이상하게도 비명은 조금 늦었다.

"크아아악!"

하지만 이걸로는 부족했다.

무왕의 목덜미를 움켜쥔 나는 재차 해청을 높게 뽑아 올렸다.

그리고 좌우로 휘둘렀다.

서걱, 서걱!

놈의 몸뚱이 위에 올라탄 상태로 양쪽 어깨를 도려낸 것이다.

칼날에 휘감긴 소드 코트의 예기는 경직된 피골을 찢고 가르기에 부족함이 없었다.

새로운 비명이 터져 나왔다.

"끄어어억……!"

또 한 박자 늦게 피가 분수처럼 솟구쳤다.

동시에 미증유의 마력이 휘몰아쳤다.

회오리처럼 느껴지기도 했고, 쏟아지는 별빛처럼 느껴지기도 했다.

무색무취의 마나는 무왕의 상처로부터 흠뻑 쏟아지듯 나에게로 뿜어져 나왔다.

마치 비릿한 혈향이 그 냄새를 대신하는 것처럼.

놈이 추락이 시작된 것은 그 순간이었다.

휘이이이이이이-!

콰앙!

나와 무왕은 흙먼지를 일으키며 지면에 충돌했다.

착지의 순간에 나는 무게를 실어서 놈의 목뼈까지 꺾어 놓았다.

그리고 그 결과…….

[보상 : 신성 스탯이 4만큼 올랐습니다!]
[보상 : 신성 스탯이 3만큼 올랐습니다!]
[보상 : 신성 스탯이 3만큼 올랐습니다!]

"……."

신성 스탯이 차오르는 것을 알 수 있었다.

피를 뒤집어 쓴 것에서 4점.

어깨를 잘라 낸 것에서 3점.

마지막에 목뼈를 부순 것에서 다시 3점.

그 계산에 헛웃음이 나올 정도였다.

'이거 신성 맞아? 그냥 마성 아니야?'

모래 미로에서 놈의 팔을 베어내어 스탯 보너스를 얻었을 때는 황금알을 낳는 거위를 만났다고 생각하기도 했었다.

이쯤 되니 진심으로 궁금해졌다.

이 세상의 새로운 인류를 자처하는 이들과 나에게 깃든 '거신의 조각' 사이에 어떤 관계가 있는 것인지.

대체 무엇 때문에 내가 이들을 쓰러뜨릴 때마다 이러한 기이한 보상을 받는 것인지.

반드시 알아내야겠다는 생각이 들었다.

"쿨럭! 제법, 제법이구나. 뭐가 바뀐 거지? 여태 숨겨 두고 있던 새 힘을 꺼낸 건가? 오만하군. 하지만 그 또한 재미있어. 쿨럭!"

목뼈가 부러진 채 바닥에 누운 무왕은 피를 콸콸 토해 내며 안광을 번쩍이고 있었다.

나야말로 제법이라는 이야기를 건네고 싶어졌다.

아직도 살아 있다는 말인지.

"여기 오기 전부터 정상은 아니었던 것 같은데. 무슨 생각이야? 죽고 싶어서 덤빈 거냐?"

나는 이들의 직전 상황을 제대로 알지 못했다.

단지 '비어 있는 수혼갑'에서 날아온 알람 메시지 덕분에 대비를 할 수 있었을 뿐.

그러니 처음부터 피 칠갑이 되어 있던 무왕을 보며 석연찮은 느낌을 지울 수가 없었다.

만전의 상태가 아님에도 불구하고 놈은 나에게 거침없이 달려들었다.

대체 뭘 믿고?

"크흐흐흐."

자신의 피로 피투성이가 된 무왕이 입을 열었다.

"백수현…… 아니, 최원호."

"……!"

"놀란 눈이군. 그래, 놀랍겠지. 이제 우리는 너를 안다. 네놈이 4년 전에 차원 역류에 휘말려 실종되었던 N등급 헌터라는 것도. 저 건방진 계집애가 네 여동생이라는 것도…… 알고 있다."

날 안다고? 어떻게?

방금 막 정석진 마스터와 춘향 선배에게 내 정체를 밝히고 온 터라, 그 타이밍이 참으로 이상하게 느껴졌다.

하지만 두 사람은 결백하다.

'그럼, 그럼 어디서 정보가 샌 거지?'

무왕은 괴괴하게 웃어 댔다.

"생각이 많아진 얼굴이군. 하지만 고민할 필요 없다. 우리는 새로운 인류고, 새로운 각성자다. 네놈의 상식을 아득히

초월한 힘을 가지고 있지."

"……."

"이 몸뚱이 역시 마찬가지다. 검을 거두지 마라. 금방 다시 올 테니."

다시 온다고?

그 말을 끝으로 놈의 눈알이 하얗게 뒤집혔다.

얼굴부터 격변이 일어났다.

이어서 다리가 짧아지며 전혀 다른 헌터의 생김새가 드러났다.

나에게 참살당한 자는 무왕이 아닌 평범한 인상의 남헌터였다.

'어쩐지 몸을 막 쓰더라니…… 인형이었군?'

나는 가만히 미간을 찌푸리며 뒤를 돌아보았다.

게이트가 열린 수락산 언저리가 음습하게 보였다.

금방 다시 온다는 그 말.

"……."

아무래도 허언이 아닐 듯했다.

❧

최원호가 거대한 날개를 펼치며 날아올랐을 때.

봄향은 입을 쩍 벌리며 그 모습을 바라보고 있었다.

'세상에. 저게 그 야수의 힘이라는 건가?'

저 정도의 대규모 변형이라니.

보는 것만으로도 압도당하는 느낌이었다.

그가 빠르게 멀어져 가는 모습을 보며 그녀는 헛웃음을 지었다.

"보통 상식으로는 이해할 수 없는 수준에 도달했구나."

정말로 그랬다.

이미 신체 변형을 자신의 전투력으로 사용하는 헌터들은 있었으나 그리 유의미한 성과를 내지 못했다.

보기에는 그럴싸해 보였지만, 인간의 의식이 다른 생물의 육체를 100% 활용하지 못하기 때문이었다.

그런데 최원호는 달랐다.

완벽하게 날개를 움직이며 날아오르는 모습이 그 증거였다.

'야수계……라고 했지?'

봄향과 정석진은 최원호의 내면세계의 한 부분을 들여다보았고, 그가 겪은 역사의 일부에 대해 알게 되었다.

차원 역류에 휘말린 그가 어디서 무엇을 하다가 귀환한 것인지는 알고 있었던 것이다.

그렇기에 눈앞의 상황을 이해할 수 있었으나 믿기가 어려웠다.

차원 역류를 되짚어서 돌아온 최원호의 존재는 기적을 넘어서 신화적인 무언가처럼 느껴졌다.

‘일단 할 일을 하자. 원호가 말한 대로 해후의 축배는 이따가 들어도 전혀 늦지 않아.’

봄향은 몸을 돌려 이스케이프 클랜의 베이스캠프로 돌아왔다.

정석진은 이미 움직이고 있었다.

이번 공략팀 중에서 가장 믿을 만한 수하들 네 명을 추려서 검증의 절차에 대해 설명하고 있었다.

“……이해하겠지? 그러니까 너희는 정신 방벽을 일시적으로 낮춰 두고 상호 접속을 하는 방식으로…….”

모두 얼굴을 아는 후배 마법사들.

저들 중 두 사람은 자신이 맡게 될 것이다.

‘설마 하니 신인류는 없겠지?’

봄향은 약간의 불편과 긴장을 느끼며 그들에게 다가섰다.

마음을 굳게 먹어야 한다.

필요하다면 저들과 대결하고 정신을 파헤치는 것도 해야만 했다.

그것이 최원호를 돕고 신인류라는 미증유의 괴집단에 대응할 유일한 대비책이었다.

그런데 바로 그때.

쾅!

“으, 으아아아아아악!”

“왜 그래! 왜 그러는 거야!”

"저 새끼 붙잡아! 빨리!"

캠프 어디에선가 뭔가 부서지고 무너지는 소리와 함께 비명이 터져 나왔다.

전원 대기를 명령 받은 이들 사이에서 있어서는 안 될 소란.

뭔가를 깨달은 두 사제의 시선이 부딪치며 스파크를 일으켰다.

"선생님……!"

"그래, 아무래도 우리의 검증을 눈치채고 선수를 친 것 같구나. 가자!"

정석진은 봄향을 이끌고 폭발이 일어난 곳으로 향했다.

그리고 그런 그들의 모습을.

"……."

남은 네 사람 중 하나가 유심히 바라보고 있었다.

여헌터의 눈이 뒤집히는 것은 아무도 보지 못하는 사이 아주 은밀하게 이루어졌다.

인천국제공항에서 서울로 들어오는 고속도로 위.

"……."

"……."

택시 안에서 적막이 강물처럼 흐르고 있었다.

채윤기는 존 메이든과 함께 입을 꾹 다물고 있었다.

끔찍할 정도로 무거운 침묵에 택시 기사가 백미러를 통해 두 사람을 흘낏거릴 정도였다.

그건 그럴 수밖에 없는 일이었다.

- 우리 대한민국 차원통제청이 파악한 바에 따르면 신인류 조직은 이미 깊게 침투해 있는 상황입니다. 이미 다수 클랜에 첩자가 포진해 있고, 게이트 테러리스트들과 손을 잡고 활동하는 것 또한 포착되었습니다…….

차에 타기 직전에 있었던 채윤기의 브리핑 때문이었다.

심지어 한국 정부가 주관한 자격시험에마저 개입한 것으로 파악된다고 하니, 존 메이든은 침묵에 빠졌다.

"거, 무슨 안 좋은 일이라도 있습니까? 허허, 젊은 양반들이 얼굴 좀 펴십쇼. 허허허!"

기이할 정도로 불편한 침묵을 참지 못한 택시 기사가 룸미러를 통해 억지웃음을 보내 왔다.

존 메이든은 한숨을 내쉬며 손가락을 튀겼다.

그러자 운전대를 잡은 택시 기사의 고개가 또르륵 앞으로 향했고, 시선은 오로지 앞으로 고정되었다.

마치 접착제로 붙여서 만든 인형처럼 말이다.

야구모자 아래의 남자가 입을 열었다.

"몰랐습니다, 한국에서 신인류의 준동이 그렇게 크게 일어날 줄은. 조금 더 빨리 와 볼 것을 그랬군요."

몹시 유창한 한국어였다.

그리고 누가 엿듣는 것 따위는 신경도 쓰지 않는 태도였다.

채윤기는 이 남자가 위대한 무투가이자 완벽한 마법사라는 사실을 뒤늦게 떠올렸다.

앞좌석과 뒷좌석 사이에 결계를 치는 것 정도는 숨 쉬는 것만큼 자연스럽게 해낼 수 있는 일이었다.

자신의 거짓말 판독이 작동하지 않는 것 또한 너무나 당연했다.

그는 긴장감을 애써 다스리며 대답했다.

"현재 올노운 마스터는 백십자 클랜의 보호를 받으며 치료를 받고 있습니다. 강인한 헌터니 분명 떨치고 일어날 것이라고 생각합니다."

"의식도 회복하지 못했다고요."

"······예. 아직."

올노운은 아직 중환자실에서 눈을 감고 있는 상태였다.

언제 깨어날지는 아무도 모른다.

존 메이든은 잠시 침묵했다.

그러다가 피식 웃었다.

"그래요. 곧 회복할 겁니다. 올노운은 내가 아는 그 누구보다도 강인한 남자니까요. 당장 내일이라도 깨어날 수 있을 겁니다."

"······?"

채윤기는 살짝 눈동자를 움직여 위대한 헌터의 옆얼굴을 훑었다.

아까와 마찬가지로 아무렇지 않게 보이는 표정.

어디에서도 수상한 점은 없었다.

그런데 묘하게 거슬렸다.

수사관으로서의 직감이라고나 할까.

도대체 뭐지?

'뭔가 있는데.'

세븐 스타즈를 위시한 위대한 헌터들이 흔히 그렇듯, 존 메이든이라는 이름 뒤로는 다양한 수식어들이 따라붙곤 했다.

최종 병기, 인류의 희망, 마지막 방패, 신이 보낸 구원자 따위의 별명들.

그런데 그중에는 사람들로부터 망각된 것들도 있었다.

공리주의자.

존 메이든이 지금처럼 최강자로서 군림하기 한참 전, 골든 실드 클랜을 창설하기 전에 프리랜서 헌터로서 활동하던 때에 붙여진 별명이었다.

'당시에는 아시아 게이트들을 주로 공략하고 있었다지?'

한국 역시 그 무대의 일부였다.

그러다가 올노운과 연을 맺게 되었고, 형제나 다름없는 사이가 되어 세븐 스타즈라는 권좌에 함께 올랐다.

이것이 세간에 알려진 그들의 역사였다.

그 '공리주의자'는 게이트를 공략하기 위해서라면 어떤 희생이든 마다하지 않는 존 메이든의 공략 스타일을 단적으로 드러내는 칭호였던 것이다.

채윤기는 그 지점에서 뭔가 기시감을 느끼고 있었다.

'친구이자 형제이며 게이트 공략의 가장 커다란 우군인 올노운이 큰 부상을 입었는데, 반응이 좀 미적지근하단 말이지.'

하지만 그게 범죄는 아니다.

세상 사람들이 모르는 사이에 두 거물의 사이가 틀어졌을지 누가 안단 말인가.

더구나 그 이외에는 별다른 것도 없는 상황.

채윤기는 어쩔 수 없이 자신의 의심을 구석에다 밀어두고…….

"미스터 채, 신인류 조사단의 특무조장인 '백수현 마스터'에 대해 알고 싶습니다. 서로 잘 아는 사이라고 들었습니다만."

존 메이든은 새로운 주제를 꺼내 들었다.

채윤기의 충실한 설명이 한차례 지나간 뒤.

"……그럼 수락산으로 가야겠군요."

택시는 목적지를 바꾸었다.

존 메이든은 병실에 있는 올노운이 아니라 검을 쥔 최원호를 먼저 만나 보겠다고 마음을 정했다.

"또 너냐?"

봄향은 올리버 앤더슨을 노려보고 있었다.

베이스캠프 안에서 난데없는 마력 파동과 요란한 발작을 일으킨 범인.

그 장본인이 이번에도 예의 외국인 용병이었던 것이다.

"아, 아니야! 나, 나는 아니라고……!"

입가의 게거품을 채 닦아 내지 못한 영국인 헌터는 아직 제대로 경련을 추스르지 못한 상태였으나 애써 자신을 변호했다.

이 여자는 아까 조금이나마 자신을 비호해 주었던 인물이니 이번에도 이야기가 통하지 않을까?

하지만 기대와 달리 봄향의 눈길은 싸늘했다.

"아냐? 아니라고? 그런데 왜 자꾸 이런 사달이 나는 거지? 그런데도 아니야?"

"아이 돈 노우! 나는 이용당하고 있다! 왜 한국인들은 의심하지 않는가!"

"한국인들은 의심받을 사건이 없었으니까. 당연한 것 아냐?"

"……Shit! You're racist!"

"뭐? 이 새끼가 어디서!"

올리버를 묶어둔 봄향은 거침없이 뒤통수를 후려쳤다.

"인종차별이고 나발이고 일단 좀 맞자! 맞으면 뭐라도 나오겠지!"

"아악! Fucking Koreans!"

백수현의 진짜 정체가 최원호라는 것을 알게 된 봄향은 이미 180도 태세를 바꾼 상태였다.

그 누구보다 앞장서서 최원호의 뜻을 관철시키려고 노력하고 있었다.

만약 올리버 앤더슨이 신인류와 티끌만큼이라도 관련이 있다면, 당장 이 자리에서 목을 벨 수 있을 정도였다.

하지만 잠시 후.

"……아니야. 아니다. 춘아, 올리버는 이용당한 게 맞는 것 같구나."

"예에?"

"Yes! Yes! Thank you, Thank you! Master Jeong! You saved life!"

놀랍게도 정석진이 직접 그의 결백함을 보증했다.

올리버에게 검증의 과정을 설명하고, 내면세계에 접속하여 붉은 반지에 관한 내막을 밝혀낸 것이다.

영국인 용병은 어찌나 억울했던지 아무 조건도 내걸지 않고 자신의 정신 방벽을 허물어뜨린 채 검증에 임했고, 그 결과가 이것이었다.

신인류와 관련 없음.

"하지만 마스터! 그럼 방금 그 마력 파동과 발작은 뭡니까?"

"팔 안쪽에 반지도 숨기고 있었잖습니까?"

"그런데 관련이 없어요……?"

나란히 의문을 표하는 이스케이프 클랜의 헌터들.

정석진은 생각에 잠긴 채 입을 열었다.

"최원…… 아니, 백수현 헌터의 말이 옳았다. 그럴 확률도 있었지만, 아닐 수도 있었고……. 결과적으론 아니었던 것 같군."

"I told you! 내가 말했잖아요! 나, 뉴타입 아니라고!"

"하지만 잘못이 전혀 없는 건 아니지."

"What!"

"본인도 알고 있을 텐데?"

"……."

마법사가 서늘한 기세를 드러내자 올리버의 말문이 막히고 말았다.

뭐라도 거짓말을 해 보고 싶었지만 상대는 한국 최고의 마법사.

얼음장 같은 기력을 코앞에서 직면하자, 온몸에 쇠사슬을 두른 것처럼 옴짝달싹할 수 없는 기분이었다.

게다가 그는 이미 모든 것을 보았다.

"미, 미안합니다. 조금 더 강해질 수 있다고 해서! 그렇기 때문에 도움을 받았습니다……. 정말로, 뉴타입인 줄 알았다면 그러지 않을 것입니다."

대강의 전말은 이러했다.

한국 출장을 앞둔 올리버는 예전에 함께 일했던 동료로부터 어떤 '붉은 포션'에 관한 정보를 얻었다.

팔에 주사를 맞기만 하면 마력의 총량이 20% 가량 증강된다는 고성능 마력 증진제!

아직 실험이 더 필요하지만 몇몇 헌터들에게 배포하여 필드 시험에 들어갔다는 귀엣말은 올리버를 유혹하기에 충분했다.

"……그래서 포션을 팔에 꽂았다?"

"Yes, Master Jeong."

"그렇다면 일단 액체 형태로 주입되었다가 안에서 반지 형태로 굳어졌다고 봐야 할까요?"

"음, 아무래도 그렇겠지."

정석진과 봄향은 눈을 맞추며 추론을 내놓았다.

잠시 자리를 비운 최원호가 돌아오기 전에, 조금이라도 성과를 만들어 두자는 암묵적인 목표 의식이 사제 사이에서 공유되고 있었다.

"Um, 그리고 아까 그 발작은…… 나의 몸에 남아 있던 힘이, just a little bit, 바깥으로 빠져나가며 생긴 돌발사고, 그런 것이었습니다…….”

“알고 있으니 조용히 하게.”

“Yes, sir.”

그렇다면 검증이 조금 더 어려워졌다고 할 수도 있었다.

지금 올리버처럼 수상한 도핑을 받아들인 것까지 검토해봐야했으니.

“하여간에 헌터들이란……. 쯧쯧쯧.”

“춘아, 너도 루키 시절에 이상한 증진제를 시도했다가 일주일 동안 드러누웠던 것으로 기억하는데. 내 기억이 틀렸느냐?”

“그, 그건 영구 녀석한테 따라잡히는 게 싫어서…….”

“늘 그 핑계로구나.”

“크흠!”

잠시 사담을 나눈 사제는 피식 웃었다.

불과 몇 시간 전만 해도 최원호에 관한 이야기는 불문율이자 아픈 추억이었는데.

하늘에 뚝 떨어진 것처럼 귀환한 녀석 덕분에 상황이 돌변했다.

아직도 꿈이 아닌가 싶을 정도였다.

다행스럽게도 두 사람은 함께 귀환자를 목격했다.

절대로 환상이나 꿈이 아니었다.

“선생님, 검증을 다시 시작하시죠.”

"그래, 아까 그 네 사람을 불러오너라. 모두 신중한 마법 사들이니, 섣부르게 마력 도핑 같은 것을 시도하진 않을 것이다."

하지만 다음 순간.

"서, 서, 선생님! 선생님!"

"으응?"

돌아온 봄향이 찢어질 듯한 비명과 함께 스승을 불렀고, 정석진은 고개를 돌렸다.

이어진 소식은 충격적이었다.

"세 사람이 죽었어요. 한 사람은 어디 갔는지 안 보여요……."

"……!"

나는 이스케이프 클랜의 베이스캠프로 돌아가고 있었다.

뒤에는 에어바이크에 올라탄 철만 아저씨가 헌드레드를 싣고 뒤따르고 있었고.

옆에는 신우가 풀죽은 표정으로 비행 마법을 전개하고 있었다.

자신이 미끼가 되어 무왕을 데리고 온 것을 자책하고 있는 듯했다.

나는 가만히 입을 열었다.

"네가 그럴 일이 아냐. 어차피 놈은 날 찾아오려고 했을 테니까."

"그래도……."

"오히려 네가 인질이 되지 않은 것이 다행이지. 그랬다면 몇 배는 일이 피곤해졌을 테니까."

인질.

그 말이 나오자 오히려 신우의 표정이 급격하게 어두워졌다.

"인질이라……. 그럼 결국 내가 오빠의 약점이란 소리네."

녀석은 음울하게 중얼거렸고 나는 말문이 막히고 말았다.

솔직히…….

'완전 맞는 말이네. 약점.'

나는 우리 세계에서도 모든 게이트를 폐쇄시키기를 원한다.

그런데 신인류는 반대다.

게이트를 우리 세계 전체에다 덧씌우려 한다.

그렇기에 나는 신인류와 공존할 수 없고, 놈들의 반인륜적 행위부터 박살 내야만 했다.

내가 지구로 귀환한 이후, 불과 얼마 전까지는 대충 무시해도 좋았을 피라미에 불과했지만…….

'이젠 아니지. 내가 영원 모래 미로를 거치면서 SSR급의 강자로 올라섰으니.'

날 대충 보고 히카리를 이용해서 찍어 누르려 했던 무왕은 팔이 잘리는 굴욕을 맛보기도 했다.

그러니까 이제는 전면전이었다.

그리고 이 전쟁에서 날 괴롭힐 가장 효과적인 방법은 바로 신우를 인질로 잡는 것이었다.

본인 스스로도 그것을 잘 알고 있었다.

"분명히 강해졌는데……."

자신이 약점이라니.

그러니 얼굴은 심통이 났고, 눈동자는 우울한 빛이었다.

난 아무런 말도 하지 않았다.

이럴 땐 뭐라고 말해도 위로가 되지 않을 테니까.

"더 강해져야겠네. 그리고…… 방법을 바꿔야겠어. 응, 그래."

무슨 방법인지는 모르겠지만.

알아서 답을 찾고 중얼거리는 녀석의 작은 머리통을 가볍게 쓰다듬어 주는 것이면 족하다.

나는 고개를 돌려서 철만 아저씨를 바라보았다.

"헌드레드는 좀 어때요?"

"음, 마력 체계를 다스리기 시작하니 얼굴색이 돌아오고 있더구나. 근데 며칠은 정양을 해야겠어. 크게 다친 모양이야."

블랙핑거 클랜 하우스에서 있었던 일은 대강 들었다.

손님을 빙자하고 찾아온 무왕이 신우를 공격했고, 공교롭게도 함께 와 있었던 헌드레드가 휘말렸다.

일시적으로는 거동이 가능했으나, 점점 마력 체계에 손상이 심해지며 여기에 와서는 산송장이나 다름없는 상태가 되고 말았다.

"후우우우……."

마법사는 눈을 가늘게 뜬 채 식은땀을 삐질삐질 흘리며 명상에 잠겨 있었다.

나는 그가 모습을 보며 며칠의 정양 따위로는 해결되지 않을지도 모르겠다는 생각을 떠올렸다.

신인류의 수법.

놈들은 올노운을 일격에 침몰시킬 만큼 치명적인 술수를 구사하곤 했다.

"아직 계약서도 안 썼는데 미안하군. 보상할 테니 지금은 메디테이션에 집중해."

"……말 걸지 마십시오, 마스터."

나는 피식피식 웃었고, 철만 아저씨가 건네는 아티팩트를 받아들었다.

일견 에어바이크만큼이나 크고 묵직해 보이는 기계 구조물의 집합체.

'거인갑.'

나에겐 참으로 반가운 물건이었다.

철만 아저씨가 뒤통수를 벅벅 긁으며 입을 열었다.

"지금은 90% 정도의 완성도인데, 아까 어쩔 수 없이 좀 사용할 수밖에 없었어. 정말 위험했거든."

"잘하셨습니다. 망가지면 다시 만들면 되죠."

"그딴 악마 같은 소리는 하지도 말거라."

나는 소리 없이 웃었다.

야수계에서도 거인갑은 제작하기가 어렵기로 유명한 아티팩트였다.

그런 물건을 내 설명과 설계도만으로 만들어 내야 했으니, 철만 아저씨의 고생은 이만저만하지 않았을 터.

"아저씨, 그래도 하나쯤 여분이 있는 것도 나쁘지 않……."

"어허! 시끄럽다! 안 들린다!"

철만 아저씨는 드물게 아티팩트를 향해 거부감을 강력하게 피력하고 있었다.

워낙 정교하고 골치 아픈 물건이다 보니 학을 뗀 모양이다.

그래도 완성시키고 나면 엄청나게 뿌듯해 하실 거다.

'이건 그만한 값어치가 있는 물건이니까.'

방어구이자 공격 무기이며, 심지어 분신체로까지 활용할 수 있는 아티팩트.

다 만들어진 뒤에는 누구든 사랑에 빠질 수밖에 없는 장비였다.

아무튼 일단 지금으로선 다 채워지지 않은 10%의 완성도가 문젠데…….

'일단 최대한 조심해서 써야겠네. 출력을 절반 이하로 제한해서 사용하자.'

딱 그렇게만 쓴다면 별문제는 없을 듯했다.

정말로 무왕이 되돌아오는 경우, 이 거인갑은 강력한 무기이자 방패가 되어 줄 것이다.

스윽.

산등성이에 대형 텐트 서너 개를 이어 붙여서 만든 베이스캠프가 보였다.

선명하게 보이는 이스케이프 클랜의 휘장.

"그런데 혹시 너……?"

내가 그곳을 향해 거침없이 걷고 있자, 철만 아저씨의 눈동자가 의미심장하게 반짝였다.

"그런 거냐? 그런 것이야?"

괴상한 질문이다.

하지만 나는 그 뜻을 알고 있었다.

"예, 어쩌다 보니 정체를 밝혔습니다. 정석진 마스터와 춘향 선배는 제가 돌아왔다는 것을 알고 있습니다."

"허허허!"

아저씨는 너털웃음을 터트렸다.

그 사실이 몹시도 즐거운 모양이었다.

내가 '최원호'이자 '제로나인'이라는 헌터의 정체성을 수복하기 시작했다는 것.

그리고 차원 역류를 극복하고 이계에서 귀환한, 전무후무한 업적을 가진 헌터로 자리매김한다는 것.

　이 자체가 그에게는 하나의 희망이기 때문이었다.

　지금의 손철만이라는 사람이 해저 연구소를 떠나서 이 세상으로 돌아온 이유이기도 했다.

　'영하 누나.'

　그녀를 다시 만날 수 있을지도 모른다.

　모두가 행복했던 옛 시절로 돌아갈 수 있을지도 모른다는 가능성.

　구체화된 희망이 아저씨에게서 일렁거리고 있었다.

　신우 역시 마찬가지였다.

　그리고 나는…….

　'이젠 정말로 적이 많아지겠어.'

　새로운 적에 대해 생각하고 있었다.

　머잖아 온 세상이 나를 적대하게 될 것이다.

　무왕은 천천히 걸었다.

　새로운 몸에 익숙해지는 것이다.

　반드시 필요한 절차는 아니었지만 해 두면 좋은 작업.

　'그놈은 내 생각보다 강하단 말이지.'

짐승 같은 누더기

무왕은 최원호의 얼굴을 떠올리며 클클 웃었다.

아까 패배한 것은 자신이었지만 오히려 기분이 좋았다.

그는 이 세계에서 자신의 적수를 찾지 못한 지 오래였다.

"다 왔군."

고개를 들었을 때.

저 멀리 산등성이 위에 표표히 서 있는 여자의 모습이 보였다.

흰 옷자락을 길게 늘어뜨린 채 검은 머리를 휘날리는 그 모습은 음산하기 짝이 없었다.

하지만 무왕은 상쾌하게 웃었다.

이 작업은 늘 즐거운 일이었으니까.

그는 눈앞으로 보이는 모든 것을 향해서 엄정하게 명령했다.

"터-져-라-!"

역류 앞의 뉴비

"백수현 마스터! 수락산 게이트의 공략 가능 시간이 얼마 남지 않았는데요!"

"이스케이프 클랜이 공략을 포기했다는 게 사실입니까?"

"아까 일어난 작은 폭발에 대해서 알고 있는 것이 있습니까?"

"한 말씀만 해 주시죠!"

"백수현 마스터!"

"……."

베이스캠프가 있는 곳으로 들어서자 기자들이 와글와글 몰려들었다.

아직 해명되지 않은 상황에 단서를 확보하기 위해서 그들은 눈에 보이는 것도 없는 모양이었다.

하지만 나는 기자들을 굳이 피할 필요가 없었다.

나 말고도 취재하고 싶은 주제들을 잔뜩 몰고 왔으니까.

"어라? 한채미 헌터?"

"저 사람은 헌드레드 아냐?"

"잠깐만. 저기 저분은……?"

"소, 소, 손철만! 마이스터 손이야!"

기자들은 혼란에 빠졌다.

어디부터, 누구부터, 어떤 질문을 해야 할지 몰라서 우왕좌왕할 수밖에 없었다.

나는 그들을 무시하고 베이스캠프 안으로 성큼성큼 걸어 들어갔다.

그곳에 새로운 상황이 펼쳐져 있었다.

"……오셨습니까, 백수현 마스터."

"세 명이 죽었어. 아무것도 못 하고!"

정석진 마스터와 춘향 선배가 딱딱하게 굳은 표정으로 나를 맞았다.

모든 헌터들의 시선이 한곳에 모여 있었다.

바닥에 가지런히 누운 세 사람의 헌터.

"세 사람 모두 SR급의 마법사였습니다. 우리 클랜의 핵심 전력이라고 할 수 있는 알파 팀 소속이었지요."

"알파 팀……."

나는 떨리는 마음으로 시신들을 향해 다가갔다.

그리고 이를 악물었다.

'에이로드, 주유찬, 료마.'

모두 내가 아는 얼굴들이었다.

나와 비슷한 시기에 들어와서 함께 수련 생활을 겪었던 헌터들이었다.

심지어 주유찬은 나와 함께 이스케이프에 입단한 형이었다.

그런 이들이 이렇게 죽은 것이다.

"……어떻게 된 겁니까?"

나는 표정을 굳히며 정석진 마스터를 바라보았다.

이런 일을 막기 위해서 검증의 방법을 마련한 것인데, 비극을 막지 못했으니 지금 내 눈빛이 따뜻하지는 않을 것이다.

하지만 가장 고통스러운 사람은 정석진 마스터였다.

"올리버 앤더슨을 이용한 이중 함정에 당했습니다. 한 사람이 모습을 감춘 상태입니다. 이들은…… 그 녀석에게 당했습니다."

"누굽니까?"

"박오현."

역시 아는 이름.

나보다 1년 일찍 입단한 여자 선배였다.

그러니까 춘향 선배와 가까운 사이였다는 말이다.

나는 그녀를 스윽 돌아보았고, 부들부들 떨리고 있는 눈동자를 발견할 수 있었다.

　설명할 수 없는 분노.

　두 사람은 당장이라도 폭발할 것 같았다.

　"어떤 기척도 없었습니다. 마법적인 조짐도 전혀 없었고요. 그런데 세 사람이 당했습니다. 이게 무슨 뜻이라고 생각하십니까, 백수현 마스터?"

　정석진 마스터의 질문에 나는 간단히 대답했다.

　"이번에는 다른 가능성을 따져 볼 필요가 없다는 것을 의미합니다."

　"그 말은?"

　"신인류라는 말이지요, 확실히."

　그리고 무왕이 허언을 한 것이 아니라면.

　'……박오현은 무왕에게 몸을 내준 상황일 것이다.'

　이미 벌어진 일이고 되돌릴 수 없는 일이었다.

　다음 문제로 넘어가야 했다.

　사라진 여헌터를 찾아내는 일. 그리고 그녀의 육체에 깃든 무왕의 속셈을 저지해야만 했다.

　하지만.

　　[알림 : 알 수 없는 힘에 의해 게이트 이벤트가 촉진됩니다.]

안타깝게도 늦었던 모양이다.

별안간 떠오른 시스템 메시지에 헌터들이 움찔하는 것이 보였다.

그러나 본론은 지금부터였다.

[경고 : 마력 폭발에 주의하십시오.]
[경고 : 마력 폭발에 주의하십시오.]
[경고 : 마력 폭발에 주의하십시오.]
[……]

수십 개의 경고 메시지가 출력되며 마력 폭발에 대해 경고하기 시작한 것이다.

내 경험으로 미루어 볼 때, 이 메시지의 행렬은 당장 이곳에서 도망치라는 의미와도 같았다.

하지만 이스케이프 클랜의 헌터들은 아직 상황 파악을 못한 상태.

"뭐야, 이게?"

"갑자기 마력 폭발? 마력 폭풍도 아니고 마력 폭발이라니……?"

"마스터, 지금 보고 계십니까?"

그들은 세 명의 동료가 죽은 여파에서 미처 벗어나지 못하고 어리둥절한 표정들이었다.

다행스럽게도 정석진 마스터는 달랐다.

"코드 블랙! 전원 현 장소에서 이탈한다!"

그는 모두를 향해 벼락처럼 소리치며 몸을 일으켰다.

"전속력으로 철수해! 뒤를 돌아보지 마라!"

서슬이 퍼런 명령에 수하들은 반사적으로 움직였다.

"코드 블랙! 처, 철수!"

"철수! 어서 빠져나가!"

"기자님들! 이러다가 전부 개죽음당하십니다!"

'코드 블랙……'

나 역시 한때는 이스케이프 클랜의 일원이었기에 그 말이 무엇을 뜻하는지는 아주 잘 알고 있었다.

가장 어두운 색깔은 희망이 없음을 의미한다.

바로 게이트의 붕괴.

'차원 역류'를 뜻하는 코드였다.

※

콰오오오오오———!

흉폭한 마기의 흐름이 대지를 쥐어뜯고 하늘을 향해 혓바닥을 날름거리고 있었다.

인외의 힘.

게이트 사태가 벌어지기 전에는 인간이라는 종이 전혀 알지 못했던 막대한 힘.

그 거력이 무게와 부피를 늘려 가며 폭증하고 있었다.

힘의 응축은 곧 왜곡을 불러왔다.

휘오오오오…….

뒤엉킨 공간의 중심부는 모든 것을 빨아먹는 것처럼 소용돌이를 일으키고 있었다.

흐름이 이지러지고 방향이 비산한다.

뿌리 깊은 식생들과 토양 따위 지상의 존재들을 마구잡이로 흡입하는 구멍은 지옥으로 향하는 통로처럼 보이기도 했다.

그러나 알 사람은 알고 있었다.

차원 역류.

현상이 이내 역전되고.

부풀었던 주머니가 거꾸로 뒤집히는 것처럼 제 안에 들었던 모든 것이 이 세상으로 쏟아부어지리라는 것을.

역류의 과정을 직접 목격하지 않았어도 그 근처에 가 보았거나 역류가 완료된 현장을 뒤늦게 가보기만 해도 알 수 있는 사실이었다.

그리고 지금…….

"세상에."

"저게 차원 역류……?"

모두의 눈앞에서 역류의 시작점이 벌어지고 있었다.

산 중턱이 짓뭉개지듯 으스러지며 수락산이 통째로 잘려

나가고 있었던 것이다.

이건 상식적인 상황이 아니었다.

"어째서? 아직 시간이 이틀 넘게 남았잖아!"

"뭐, 뭔가 잘못된 겁니다! 이상 변화!"

"젠장. 이런 식의 이상 변화는 보고된 적 없었는데! 도대체 어떻게 된 거지?"

"하아……."

이곳 A등급 게이트 '가짜 여신의 산중 유배지'는 역류해서는 안 될 게이트였다.

공략 가능 시간이 남아 있었으니까.

그 시계가 돌아가고 있을 때는 차원 역류가 일어나지 않는다는 대원칙이 깡그리 무시된 것이다.

신인류에 의해 인위적으로 촉발된 차원 역류.

지금은 최원호를 제외한 그 누구도 정확한 사정을 모르는 상황이었다.

어찌 되었거나 차원 역류는 이미 시작되었고, 가장 시급한 문제는 따로 있었다.

바로 생사의 문제.

"조, 좀 더 멀리 가야 하는 것 아닙니까?"

"제가 알기로는 반경 5킬로미터가 위험 범위라고 하던데요!"

"정석진 마스터! 더 뒤로! 더 남쪽으로 갑시다! 얼른요!"

기자들이 불안감 속에서 소리치고 있었다.

이미 꽤 거리를 벌린 상태였지만 그들의 불안감은 여전했다.

역류 시작점으로부터 최대한 멀리 도망치는 것이 생존 확률을 올릴 수 있음은 너무나 자명한 일이었다.

하지만 정석진은 고개를 저었다.

"우리 이스케이프 클랜은 여기에 남습니다. 지금부터 기자 여러분께서는 직접 남하하여 안전한 곳으로 대피하시기 바랍니다."

"아……."

여기에 남는다, 그 말에 담긴 속뜻을 이해한 기자들은 입을 꾹 다물 수밖에 없었다.

물론 설익은 경력의 몇몇은 상황을 이해하지 못하고 헛소리를 하기도 했다.

"아니! 지금 버스도 없고! 지하철도 안 가고! 택시는 당연히 안 잡히는 판국인데! 알아서 대피하라니요!"

"너무 무책임한 것 아닙니까! 헌터법 모릅니까! 명색이 '이스케이프 클랜'이……!"

어째서 '탈출'을 제대로 보장하지 않는가?

볼썽사나운 요구였지만, 찌르는 곳이 있는 말이기도 했다.

차원 관문 및 각성자 관리에 관한 특별법, 일명 '헌터법'에 따르자면 모든 레이드 클랜은 차원 역류 상황에서 민간인을 보호할 의무가 있다.

그 순간 입술을 비튼 사람은 최원호였다.

"별소릴 다 듣겠군."

서서히 백수현이라는 가면을 내려놓기로 결정한 END급의 헌터.

자신들을 바라보는 최원호의 눈빛이 번쩍이자, 기자들은 저도 모르게 움츠러들었다.

그는 모두를 향해 말했다.

"착각하지 마십시오. 우리 이스케이프는 당신들 따위를 여기서 탈출시키기 위해서 만들어진 게 아닙니다."

……헌터법?

"법을 들먹이려거든 상황을 똑바로 봐야지. 지금 여기에 우리가 남지 않으면, 누가 역류의 '결과물'들을 막을 겁니까? 생각이나 해 봤습니까?"

바로 그 순간, 정석진이 지팡이를 뽑아 들었다.

그와 동시에 무언가가 구름을 찢어발기며 지상으로 내리꽂히다가 또 다른 무언가에 가로막혔다.

쿠우우우우웅—!

"꺄악!"

"뭐, 뭐야!"

보이지 않는 망치가 보이지 않는 방패를 내려찍은 것처럼 굉음이 터져 나왔다.

최원호는 손가락을 들어 마력 한 줄기를 흩뿌렸다.

그러자 색을 입힌 것처럼 거대한 방어막의 모습이 드러났다.

기자들은 그제야 방금의 상황을 이해했다.

"……."

지팡이를 쥔 정석진이 펼쳐 낸 장대한 마력의 벽.

그 방어막이 역류의 시작점으로부터 쏟아진 힘의 줄기를 막아 낸 것이었다.

최원호가 다시 입을 열었다.

"이스케이프 클랜이 이곳에 남는 것은 서울을 보호하기 위해서입니다. A등급 게이트가 차원 역류를 시작하면 예측한 것보다 더 넓은 지역까지 타격이 갈 수 있고……."

그는 스승의 방어막에다 자신의 마력을 더하기 시작했다.

서울의 외곽 지역을 둘러싸고 있는 장벽이 급속도로 두꺼워지고 높아졌다.

실시간으로 이루어지는 강화 작용은 정석진조차도 놀라게 할 정도였다.

"이 작업을 제대로 하지 않으면, 서울 강북 전체가 쑥대밭이 될 수도 있겠죠. 우린 그 사태를 막으려고 여기에 멈춘 겁니다. 이래도 보호 의무를 운운할 겁니까?"

"……."

이의를 제기했던 젊은 기자들은 합죽이가 될 수밖에 없

었다.

그리고 노련한 기자들은 신나게 그 상황을 간추려 쓰고 있었다.

백수현 특무조장의 냉철한 상황 판단과 따끔한 질책, 새로운 마법 능력까지.

이 정도면 당장 나갈 기삿거리로서 손색이 없는 것이었다.

다만 의문은 남아 있었다.

몇몇 기자들이 소곤거렸다.

"김 기자, 아까 백수현 마스터가 우리 이스케이프라고 하지 않았나?"

"맞습니다. 저도 들었습니다."

"거 희한하네. 왜 백수현 헌터가 이스케이프 클랜원처럼 구는 거지?"

"글쎄요? 혹시……."

고요한 눈빛으로 장내를 바라보던 정석진이 입을 열었다.

"오늘 있었던 일에 대한 세부 사항은 차원통제청에서 보도 자료를 낼 겁니다. 지금은 상황이 긴급하니 대피하는 것에 집중해 주십시오."

이번엔 모두가 군말 없이 물러났다.

형형하게 번쩍거리고 있는 최원호의 눈빛 덕분이기도 했다.

비로소 헌터들만 남은 현장.

시작된 차원 역류는 어마어마한 마력을 토해 내며 공간을 파괴하고 있었다.

'A등급 게이트. 그것도 가변형 게이트가 역류한단 말이지.'

그럼 적체된 몬스터의 숫자가 어마어마할 텐데.

여기서 잘 막아 낼 수 있을까?

"……."

미친 듯이 수축과 팽창을 반복하는 공간을 바라보던 최원호는 어떤 아이디어 하나를 떠올렸다.

"정석진 마스터!"

"예, 말씀하세요. 백수현 마스터."

서로를 향해 존칭을 쓰며 관계를 감추고 있는 사제는 함께 머리를 맞대고 차원 역류의 폭발력을 최소화시킬 방안을 검토했다.

이어서 충분히 시도해 볼 만하다는 결론이 내려졌고.

"이규란 마스터, 그 장갑을 돌려받을 때가 된 것 같습니다."

블랙핑거의 옛 클랜 마스터가 훔쳤던 아티팩트가 주인에게로 되돌아갔다.

[데일리 게이트] 〈긴급 속보〉 수락산 게이트에서 차원 역류 발생

[오늘의 공략] 〈속보〉 서울 북부 일대, 시민들 긴급 대피 중!

[게이트 저널] 〈1보〉 이스케이프 클랜 '방어막 구축 완료'
　[영웅일보] 공략 가능 시간이 남아 있는데 일어난 차원 역류
"왜?" 게이트 전문가들도 당혹

인터넷에서는 언론사들이 보도 기사를 쏟아 내고 있었다.

"젠장……."

차원통제청 집무실에 앉아 있던 김서옥 청장은 곤혹스러움을 감추지 못하는 중이었다.

그렇잖아도 VIP가 입국하는 날이라서 신경이 잔뜩 곤두서 있었는데, 블랙핑거 클랜 하우스에서 마력 충돌과 저공비행 사건이 일어났다.

게다가 수락산 게이트까지.

갑자기 자신의 클랜을 철수시킨 정석진의 의도에 대해 미처 파악하지 못한 상황이었는데…….

"아, 예. 대통령님. 김서옥입니다. 지금 파악 중입니다. 조사가 진행되는 대로 안보실로 보고하겠습니다. 예? 그렇습니까? ……알겠습니다. 그럼 직통으로 올리겠습니다."

이해할 수 없는 게이트 역류마저 일어난 것이다.

불난 집에 기름을 부은 듯, 아니, 그 집에다 융단 폭격을 쏟아부은 것처럼 상황은 악화일로를 걷고 있었다.

청장으로 취임한 이래로, 이보다 최악인 날은 없을 것이다.

'대체 뭐가 어떻게 되고 있는 거지?'

전화를 끊은 김서옥은 헛웃음을 지었다.

처음에는 짜증이 나고 화가 났는데, 이젠 슬슬 비현실적으로 느껴지고 있었다.

'심지어 대통령까지 전화를 걸어오다니.'

원래 헌터들의 일에는 청와대나 국회를 비롯한 윗선에서도 크게 개입하지 않았다.

그리고 헌터들은 일반 정치에 무관심하고.

즉, 상호 불침의 불문율.

헌터들은 사회에 게이트로부터의 안전을 제공하고, 사회는 헌터들에게 활동의 자유와 충분한 보상을 제공한다.

그러니 각자 할 일만 잘하면 서로 건드릴 일이 없다는 말이다.

그런데 서울시장에 이어 대통령까지 직접 전화를 걸어서 상황을 묻고 있었다.

불문율이 완전히 깨진 순간이었다.

김서옥은 입술을 짓씹으며 중얼거렸다.

"젠장, 이런 적은 없었는데 말이야."

이번 사태가 그만큼 준엄하다는 의미였다.

외곽에 있긴 했어도 수락산은 분명 서울에 있는 산이었고.

언론이 보도했듯 공략 가능 시간이 남아 있음에도 불구하고 차원 역류가 일어났다는 것.

모두 대중에게 어마어마한 공포를 불러일으키는 지점이

었다.

이미 네티즌들은 패닉 상태였다.

　-뭐냐고;;;; 나만 이해 안 됨? 공략 시간 남았는데 역류했다고??

　-그럼 시험도 안 끝났는데 샤따 내리고 뚜까맞는다 이거임?

　-갑자기 왜 때문에????? 게이트 규칙 언제 바뀐 건데?

　-시발 누가 나좀이해시켜조라ㅏㅏㅏㅏㅏ

　-여러분,, 심판의 날이 도래했습니다.,, 모두 회개하십시오.,,

　-ㄴ눈치 챙겨라 씨1발1롬아..

　-그럼 울집 앞에 있는 게이트도 갑자기 역류할 수 있다는 말인
가여?

　-ㄴㅇㅇㄱ 말입니다..

　-허미시펄ㅠㅠㅠㅜㅜ

　-차통청 이새끼들은 하는게 머고ㅆㅂ

　-ㄴ나가뒤져라 세금벌레새끼들 조또무능력한 쓰레기놈들이 뭘
통제한다고 나대고 있어ㅂㅅ들 느그집개새기 목줄이나 통제하
지???

"……난리군."

활활 불타는 댓글 창을 잠시 훑어본 김서옥 청장은 스마트
폰을 조작해서 전화를 걸었다.

"나예요. 유광명 헌터, 아무래도 내가 직접 수락산으로 가

서 상황을 봐야 할 것 같습니다. BH(청와대)까지 연락이 왔으니 뭐라도 행동을 보이긴 해야겠습니다."

그러자 전화 너머의 유광명이 대답하는 말.

─저도 그렇잖아도 저도 서울로 직접 오셔야 할 것 같다고 말씀드리려고 했습니다, 청장님.

"그래요?"

─예, 대체 무슨 얘길 들었는지 모르겠습니다만, 존 메이든 헌터도 그쪽으로 가고 있다고 합니다.

"……메이든 마스터가요? 어째서?"

─저도 모르겠습니다. 자세한 부분에 대해서는 곧 조사국장의 보고가 올라갈 겁니다. 헬기를 준비하셔야겠습니다.

"알겠습니다."

김서옥은 박수경 비서관에게 서울로 갈 준비를 하라고 지시했다.

그리고 정부 청사 옥상에 마련된 헬기 이륙장에 섰을 때.

─Hello, 서옥? This is John.

조사국장이 아니라 존 메이든으로부터 직접 전화를 받게 되었다.

그리고 뜻밖의 이름을 들었다.

─저는 '마스터 백'을 직접 만나고 싶어서 수락산으로 가는 길입니다.

"백수현 마스터를 말씀하시는 겁니까?"

—Yes.

특무조장 백수현.

존 메이든이 그를 만나기 위해 직접 수락산으로 가고 있다는 소식이었다.

—돌발 상황 때문에 차원통제청도 곤란하다고 들었습니다. 괜찮다면 서옥도 거기서 봅시다. 나도 도울 일이 있으면 돕겠습니다.

"……."

김서옥은 잠시 말문이 막혔지만 이내 그러겠노라 대답했다.

청장은 머릿속이 복잡해지는 것을 누르며 좌석에 몸을 누였다.

이윽고 헬기는 저무는 태양 아래로 음산하게 펼쳐진 안개를 뚫고 북상하기 시작했다.

불길한 마력의 흐름이 흘러나오는 서울의 북부를 향해서.

차원 역류는 재해다.

하지만 자연스러운 재해는 아니었다.

헌터들이 주어진 시간 안에 게이트를 공략한다면 피할 수 있는 것이고.

역류하지 않은 게이트와 그 내부의 마력석은 거꾸로 인류

사회의 발전에 이바지하는 중요한 자원이 되어 준다.

하지만 일단 차원 역류가 시작된다면.

그래서 게이트의 이빨이 드러난다면.

콰가가가가가가──!

문명의 증거들을 통째로 씹어 먹는 지옥의 아가리가 되어 버린다.

다른 어떤 재해와도 비교할 수 없는, 무지막지한 폭력을 휘두르는 악마가 현신하는 것이다.

"온다! 막아라!"

"예!"

"크으윽!"

정석진 마스터와 마법사들이 식은땀을 뻘뻘 흘리며 마력을 짜내고 있는 것이 그 증거였다.

그들은 휘몰아치는 마력의 폭풍으로부터 도시를 지키기 위해 마력의 장벽을 쌓았고, 그것을 유지하기 위해 안간힘을 쓰는 중이었다.

'덕분에 신인류 검증은 수월해졌네.'

어깃장을 놓고 싶으면 자신이 맡은 마력 장벽에 작은 구멍만 하나 내면 되는 상황.

탈진할 정도로 마력을 쏟아 내고 있는 마법사들은 일단 믿어 봄 직하다고 볼 수 있을 것이다.

물론 확실하게 하자면 내면세계를 들춰 봐야 하겠지만 말이다.

"백수현 마스터! 손철만 명장! 최대한 빨리 부탁하겠습니다! 차원 역류가 본격화되고 있습니다!"

정석진 마스터가 우리에게 소리쳤다.

나와 철만 아저씨가 맡은 일은 아티팩트 하나를 개조하는 것이었다.

언젠가 심혁필이 정석진에게서 훔쳐서 라미아 게이트에다 숨겨 두었던 S등급 장갑 방어구.

〈저주 받은 왼손〉

[방어구][S등급] 왼손 장갑. 한 짝밖에 없지만 도리어 그래서 다행이라는 생각이 든다. 이 장갑으로 만지는 것들은 전부 금이 되거나 폭발해 버리니까.

효과 : 의념 +5

특수 : 귀속 스킬 '황금의 저주'를 72시간에 한 번씩 사용할 수 있다. 단, 대상은 무생물로 한정된다.

우리는 이것을 개조해서 차원 역류의 재앙적인 폭발을 잠재울 계획을 세웠다.

집도의를 맡은 철만 아저씨의 눈빛이 번쩍거리고 있었다.

"이렇게 긴급하게 아티팩트를 제작하는 건 또 처음이군."

"그리고 곧바로 망가질 아티팩트를 만드는 것도 처음이

시죠."

"그래, 참 재밌겠어. 잘 따라와라."

"예."

나는 그의 조수였다.

우리의 옆자리에는 크고 작은 마력석들이 산더미처럼 쌓여 있었다.

정석진 마스터와 춘향 선배를 비롯한 이스케이프 클랜원들의 아공간 주머니를 털어서 나온 것들이었다.

아마 금액으로 따지면 2, 30억 원어치는 되지 않을까?

그 모습에 신우는 옆에서 기가 막힌다는 표정을 짓고 있었다.

"이, 이걸 다 쓰는 거야? 대체 무슨 괴물 같은 아티팩트를 만들려고?"

하지만 설명할 시간이 없었다.

항상 가지고 다니는 간이 제작 장비를 꺼내 든 아저씨가 나를 향해 손을 벌리며 소리쳤다.

"마력석! B등급 중간 출력으로!"

마력석은 등급과 크기에 따라 출력이 달라진다.

나는 빠르게 움직였다.

콰직!

무더기에서 B등급 마력석 하나를 꺼내서 손아귀 안에서 으스러뜨린 뒤……

[스킬 : '범용 마력 변환'.]

[정보 : 타인에게 전달할 수 있는 형태로 마력 패턴이 수정됩니다.]

슈우우욱-!

철만 아저씨의 손바닥 위에 경단처럼 동그랗게 빚어냈다.

아저씨는 나에게 받은 순정한 마력을 망치에다 밀어 넣고는 머리 위로 높게 쳐들었다가 그대로 내리쳤다.

두우웅…….

"하나 더! 빨리!"

"예."

두우우웅……!

"하나만 더! 같은 걸로!"

"알겠습니다."

두우우우웅……!

파삭!

낡은 망치 머리가 부딪친 지점은 '저주 받은 왼손'을 이루고 있는 마력장의 표면이었다.

저 바깥에서 차원 역류의 거센 흐름이 마법사들의 장벽을 후려치고 있는 것처럼.

아저씨의 망치는 검은 장갑의 마력 구조체를 때렸고, 작은 균열을 일으키는 것에 성공했다.

"좋아, 적당하군. 이제부턴 C등급 이상. 입자 크기는 최소화. 마력 패턴에는 조정력을 부여해라. 아, 물론 유동 성질은 극대화하고. 무슨 말인지 알지?"

"네."

"……와 씨. 좀 멋있네."

본인이 나에게 도움이 되지 않는다는 것을 깨달은 신우는 정석진 마스터에게 가서 마력을 보태고 있었다.

하지만 시선은 이쪽을 향해 고정되어 있었다.

다른 이스케이프 클랜원들도 마찬가지였다.

모두가 우리를 바라보고 있었다.

무슨 동물원의 공작새 두 마리가 된 기분이었다.

하지만 우리는 빈틈없이 움직였다.

콰직!

일단 왼손으로 큼직한 마력석 하나를 골라내서 바수는 것과 함께 등급을 확인하고, 마력 변환 스킬을 통해 필요한 성질을 부여한 뒤.

[스킬 : '고급 마력 변환'.]
[정보 : 특수한 목적에 따라 성질이 조정된 마력입니다.]
[경고 : 섬세하게 다루지 않으면 폭발할 수 있습니다!]

오른손으로는 그 예민한 힘을 일정한 크기로 뽑아내서 아저씨에게 건네주는 것이다.

이 작업을 연속적으로 반복하며 끊이지 않는 것이 가장 중요했다.

"계속 갑니다."

"오냐."

왼손으로 글씨를 쓰면서 오른손으로는 그림을 그리는 것과 비슷한 작업.

하지만 나는 집중력을 잃지 않았다.

[알림 : 칭호 '훌륭한 마력 공급원'이 복구됩니다!]
[정보 : 마력에 +4만큼 보너스가 주어집니다.]

이쯤이야 야수계에 있을 때도 해 봤던 작업이었고.

무엇보다 눈앞에 펼쳐진 상황을 제대로 해결하기 위해서는 실수를 용납할 수 없었다.

황금 제작 따위에 사용되던 S등급 아티팩트를 한 단계 끌어 올리는 것.

'별것 아닌 것처럼 보이지만, 이게 차원 역류의 마력 폭발을 억제하는 일회용 방패가 되어줄 거야.'

철만 아저씨가 구슬땀을 흘리며 소리쳤다.

"원호야! 내부 회로에 접속한다! 최대한 섬세하게 패턴을 조정하고 입자를 줄여!"

"후우우……."

나는 심호흡을 하며 아저씨가 요구하는 대로 마력을 조율했다.

내가 빚어 준 마력 경단을 흡수한 그는 손끝에서 가느다란 마력의 실을 떨어뜨려 '저주 받은 왼손'에 접촉했다.

지금까지의 과정이 아티팩트의 뚜껑을 열고 내부를 파악하는 것이었다면.

'이제는 안쪽에다 칼을 대고 우리가 원하는 대로 기능을 조정하는 작업.'

그러니 극도로 섬세해져야만 했다.

나와 아저씨는 제대로 숨도 쉬지 못하고 작업에 집중했다.

콰우우우우우———!

차원 역류의 거대한 흐름이 우리를 방해하려는 듯 격렬하게 울부짖으며 방어막을 할퀴어 댔지만 우리는 동요하지 않았다.

"계속 줘. 좀 더 얇게. 천천히, 천천히……."

"……."

말없이, 숨마저 아껴 가며.

머릿속이 타들어 가는 느낌을 견디며 맡은 역할에 최선을 다했다.

이윽고 새로운 아티팩트가 탄생했다.

〈지옥에서 온 왼손〉

[방어구][알 수 없는 등급] 망가지기 직전의 왼손 장갑. 한 짝밖에 없는 것이 못내 아쉽다. 온전한 상태로 한 쌍이 갖추어져 있었다면 전무후무한 재앙이 되었을 물건이다.

효과 : 전체 −20

특수 : 귀속 스킬 '시간의 저주'를 딱 한 번 사용할 수 있다. 단, 대상은 무생물로 한정된다.

황금을 다루는 '저주 받은 왼손'의 업그레이드 형태.

그것을 시간을 다루는 지옥의 왼손이었다.

〰〰〰

장갑은 시커멓게 불에 탄 듯한 모양새였다.

거기에 엄청난 너프 효과까지.

모든 스탯에 −20이 적용된다면 종합으로는 120 포인트가 깎여 나간다는 뜻이었다.

그야말로 누가 줘도 안 가질, 저주받은 장갑.

하지만 나는 그것을 곧바로 왼손에 착용했다.

[알림 : 모든 스탯이 20만큼 감소합니다.]

[업적 : 상당한 고행을 자처하고 있습니다.]

[보상 : 새로운 칭호 '미련한 수도자'가 주어집니다.]

[정보 : 모든 스탯에 +1만큼 보너스가 주어집니다.]

[안내 : 지금부터 귀속 스킬 '시간의 저주'를 사용할 수……]

바로 이 스킬을 사용하기 위해서.

이 아티팩트는 단 한 번의 스킬을 쏟아 내고 장렬히 산화할 예정이었다.

〈시간의 저주〉

[스킬] 마력 에너지를 투입하여 지정한 대상의 시간에 개입한다.

유도된 효과에 따라 심각한 반동을 견뎌야 할지도 모른다.

기존의 저주 받은 왼손은 '황금의 저주'라는 마법 스킬을 귀속하고 있었다.

그것을 억지로 한 단계 업그레이드시킨 것이다.

그렇게 모든 것을 황금으로 치환하는 마법은, 모든 것을 가까운 다른 시간의 상태로 되돌리는 마법으로 진화했다.

문득 시선들이 느껴졌다.

"……."

아티팩트의 합당한 소유자로서 내 계획을 승인해 준 정석진 마스터.

전 소유자인 심혁필이 황금의 저주를 이용하여 돈이나 찍어 내던 모습을 알고 있는 이규란 마스터.

완전히 녹초가 되어 버린 철만 아저씨.

장벽에 마력을 보태고 있는 신우, 춘향 선배, 다른 이스케이프의 헌터들까지……

"다치지 마."

"조심하십쇼!"

걱정과 기대가 섞인 눈빛들이었다.

우리가 방금 만들어 낸 아티팩트가 저 어마어마한 재해를 어떻게 다스릴 수 있을지 모두가 지켜보고 있었다.

나는 가볍게 심호흡하며 왼손을 점검했다.

'너프 때문에 몸이 무거워지긴 했지만, 그래도 날아오르는 것쯤은 충분히 할 수 있어.'

그러니 실패할 이유가 없다.

즉시 송골매의 날개를 전개한 나는 창공을 향해 날아오르기 시작했다.

몰아치는 마력의 폭풍을 뚫고, 저 거대한 아비규환이 한눈에 보이는 고도까지.

계속해서 올라가야만 했다.

"오, 오빠아−!"

짐승 같은 누너비

고개를 들고 하늘을 바라보던 최신우는 비명을 내질렀다.

구축된 마력 장벽을 넘어서 하늘로 날아오른 최원호의 신형이 크게 휘청거린 탓이었다.

차원 역류가 뿜어대는 폭력적인 마력의 격랑을 맞닥뜨린 몸이 휘말려 마구 흔들리고 있었다.

하지만 그도 잠시.

"후."

최원호는 매의 날개를 이리저리 비틀며 균형을 되찾는 것에 성공했다.

실이 끊어진 연처럼 나부끼던 와중에도 양력을 조정하여 자세를 만드는 것에 성공하는 모습.

본능적인 균형 감각과 완벽에 가까운 마력 통제 덕분이었다.

"쿨럭, 쿨럭! 비행 마법에 통달했다는 나디아도 저렇게는 못 움직일 것 같은데 말입니다."

어느 정도 안정을 되찾은 헌드레드가 감탄하며 중얼거린 말이었다.

"마셔요, 헌드레드 님. 아깐 정말 고마웠어요."

"하하, 별말씀을……."

최신우는 마력의 회복을 돕는 포션을 건넸고, 헌드레드는 그것을 사양하지 않고 쭈욱 들이켰다.

그리고 다시 눈을 들어 최원호의 비행을 지켜보았다.

엉뚱한 약속을 하는 바람에 마스터로 섬기게 된 헌터.

그러나 모두의 예상과 기대를 아득히 뛰어넘는 신비로운 헌터.

그는 마치 위태로운 파도타기를 하는 것처럼 몰아치는 마력의 흐름을 타고 높게 떠올라 있었다.

헌드레드는 마법사의 눈으로 최원호의 날개를 할퀴고 지나가는 폭풍을 똑똑히 보고 있었다.

"……."

정말이지, 매 순간이 기적과도 같은 비행이었다.

"한채미 헌터, 백수현 헌터와는 친남매인가요?"

"갑자기 그게 궁금해요?"

"내가 누구한테 목숨을 걸었는지 제대로 알고 싶어서 하는 말입니다."

"그럼 직접 물어보시지? 뭐 아무튼…… 네, 친남매예요. 별로 닮진 않았죠?"

"그렇군요. 많이 닮았습니다."

"뭐라고요?"

헌드레드는 씨익 웃으며 고개를 돌렸다.

높게 떠오른 최원호에게서 마법 스킬이 시작되는 것을 감지했다.

활화산의 마그마처럼 터져나오는 마력의 폭발 범위 전체에 부여되는 대규모 제어 마법.

'어마어마한 마력이네.'

최원호는 그 에너지를 감당하기 위해 모든 마력석을 범용 형태로 바꾸어 손에 움켜쥐었다.

작은 산을 뒤집을 수 있을 만큼 응집된 거력.

그러나 성질이 무겁고 둔하기 때문에 용도는 한정되어 있다.

바로 지금처럼.

쿵……!

공간은 움직이지 않는다.

그렇기에 최원호가 행사하는 마법 구역 안으로 한 치의 오차도 없이 가두어질 수밖에 없었다.

공간.

그것이 바로 '시간의 저주'가 적용될 대상이었다.

이제 막 시작된 이 재앙적인 마력 폭발을 가장 효율적으로 막아 낼 방법은 그것을 '시작되기 전의 상태'로 돌려 놓는 것이었다.

날개를 펼치고 공중에서 마법을 전개하며, 최원호는 생각하고 있었다.

'아예 마력의 폭발의 원점이 되는 게이트에 시간 간섭을 부여하면 좋을 텐데.'

하지만 불가능했다.

시간은 단순히 상태의 역사를 의미하는 것이 아니다.

차원의 흐름이며 마땅히 도달해야 하는 인과율의 응집 구조.

'그러므로 비틀린 차원의 틈새와도 같은 게이트에는 시간 마법이 제대로 적용되지 않는다.'

이것이 차원과 위상, 공간과 시간에 대해 가장 깊게 몰두했던 수인종 오랑우탄 일족 학자들의 결론이었다.

최원호 역시 동의하고 있었다.

그렇기에 마법은 이중구조로 전개되었다.

'우선 차원 역류의 원점이 되는 게이트와 가장 가까운 곳은 미래 시점으로 상태를 조정하고…….'

다시 바깥쪽은 과거 시점으로 설정한다.

'오랑우탄 녀석들은 이걸 시간 방호벽이라고 불렀지.'

야수계에서의 경험을 통해 최원호는 이 방법이 최선이라는 것을 확신하고 있었다.

마력이 지역을 장악하고, 상정된 마법이 완전히 전개한 순간.

쿵…….

맞닿은 공간이 시간의 분절에 의해 교차되며 급격한 상태 이상을 일으키기 시작했다.

하나의 경계가 생기는 것과 함께, 안쪽은 폐허로 진행되고 바깥쪽은 울창한 식생의 터전으로 복구되는 것이다.

콰가가가가가-!

감히 이적이라고 부를 만한 마법이었다.

사실 조금이나마 시간을 다루는 마법은 모두 그러했다.

그 대가로 어마어마한 마력이 급속도로 빠져나갔고, 지나친 파동에 마력 체계가 간섭되면서 옅은 현기증마저 일어나고 있었다.

어마어마한 후폭풍.

그리고 '지옥에서 온 왼손'은 이걸로 제 할 일을 다했다는 듯이 바스러지기 시작했다.

그것은 마법의 완성을 의미하기도 했다.

[경고 : 위험한 마력 흐름의 한복판에 위치하고 있습니다.]

[안내 : 안전한 곳으로 피신하십시오.]

시스템 메시지들의 경고.

하지만 최원호는 그곳에서 버티고 있었다.

마력 폭발의 흐름도 버틴 마당인데 시간 방호벽이 생성되는 여파라고 못 견딜 이유가 없었다.

그리고 '지옥에서 온 왼손'이 효용을 다하고 파괴되며 스탯 너프가 무효화되었다.

모든 스탯이 복구되었으니, 그는 완전한 컨디션을 되찾고 장내의 상황을 지켜볼 수 있었다.

슈우우우…….

끔찍했던 폭풍이 가라앉고 있었다.

A등급 가변형 게이트가 역류한 결과라고는 믿을 수 없을 만큼 평범한 풍경.

게이트와 가까운 곳의 산자락, 반경 500미터 가량이 파괴되었을 뿐, 그 바깥의 지역은 조금도 무너지지 않았다.

정확히 말하자면 한차례 파괴되었다가 복구되었다.

"음, 제대로 전개됐네."

징발한 마력석의 에너지를 토대로 아티팩트에 귀속된 스킬을 한계점을 넘어서 뽑아낸 덕분이었다.

최원호는 차원 역류의 마력 폭발을 막아 내는 것에 성공했다.

함성이 터져 나왔다.

"우, 우와아아아아!"

"뭐야? 됐어? 해낸 거야? 정말?"

"미친……! 진짜 이게 된다고?"

"백수현 헌터는 도대체 뭐죠? 외계인인가! 하느님인가!"

마법 장벽을 쌓느라 탈진에 가까워졌던 헌터들이 와글와글 떠들어 댔다.

이스케이프 클랜원들은 싸움이 끝난 듯이 기뻐하고 있었다.

그 순간 봄향의 목소리가 그들을 후려쳤다.

"야! 이것들이 미쳤나! 너희들 정신 안 차릴래? 이제 시작인 거 몰라? 확 그냥!"

하지만 그 과격한 윽박지름에도 헌터들은 떠들기를 멈추지 않았다.

"아, 춘향 선배, 누굴 제타 팀 시절로 보십니까? 마력 폭발 이후로는 보통 레이드 뛰는 거랑 다를 게 없는데, 뭘 겁을 주고 그러십니까."

"그리고 말 좀 가려서 하십쇼! 이제 같은 식구도 아닌데 너무 말을 막 하시는 거 아닙까?"

"어, 인정. 아이언팩토리에서 춘향 선배는 완전 과묵한 캐릭터로 소문이 쫙 났던데. 우리한테만 그래. 다 알아요, 선배. 예?"

"이 새끼들이……! 봄향이라니까!"

그녀는 성질을 냈지만 헌터들은 그저 와자하게 웃었다.

정석진이 개시하고 최원호가 강화시킨 거대한 장벽을 유지시키는 작업.

차원 역류에 의한 마력 폭발을 막아 내는 그 과정에서 헌터들은 서로의 결백에 확신을 가지게 되었다.

그저 실수인 척 장벽에다 작은 구멍만 하나 만들면 신인류로서 목적을 이룰 수 있는 상황이었는데, 아무도 그러지 않았다.

심지어 올리버마저도.

"얀마, 난 네가 신인류인 줄 알았는데?"

"나야말로 네가 신인류……일 리가 없지. 약해 빠진 놈이 무슨."

"푸하하하! 이 새끼가! 말을 참! 예쁘게! 해!"

"아파! 아프다고!"

그 덕분에 이스케이프 클랜은 완연히 정상으로 돌아와 있었다.

딱 한 사람, 정석진 마스터만 제외하고.

"……긴장되십니까?"

"허허……."

어느새 지면으로 내려온 최원호의 물음에 정석진은 너털웃음을 지었다.

그는 봄향이 말한 것처럼 이제부터가 시작이라는 것을 알고 있었다.

몬스터를 두려워하는 것이 아니다.

앞서 자리를 비웠던 최원호가 누구와 대결했는지 전해 들은 것이었다.

"무왕, 무왕이라고 했지요? 백수현 마스터?"

"예."

신인류의 고위 간부이며 육박전의 최고 수준에 도달한 신원 미상의 악당.

언론 보도를 통해 접했던 놈이 여기에 와 있다고 했다.

그리고 아까 세 사람을 죽이고 한 사람의 몸을 탈취한 것 역시 그놈의 소행일 가능성이 크다고도 했다.

"그렇다면 절대로 용서할 수 없겠습니다."

블랙 헌터일지언정 몬스터가 아닌 인간을 살해하는 것을 끔찍하게 싫어하는 정석진이었지만, 이번만큼은 예외였다.

"응분의 대가를 치르도록 해 줘야겠지요."

표정을 굳힌 마법사는 그 존재를 머릿속에다 단단히 새겨 두었다.

곧 게이트 몬스터들이 쏟아져 나오고 수락산 일대가 일시적인 레이드 현장이 된다면 무왕이 재등장할 확률이 컸다.

그땐 직접 나서서 놈을 찢어발기겠다는 생각이었다.

"키야아아악!"

"산 자의 피……! 마신다……!"

역류의 진원지가 되는 A등급 가변형 게이트 '산중 여신의 유배지'.

그 게이트에 소속된 가디언 몬스터들이 지면으로 무수히 쏟아져 나오고 있었다.

이제 서울을 향해 밀고 나오는 놈들을 막아 내고 섬멸하는 치열한 공방전이 시작된 것이다.

그리고 새로운 헌터가 등장한 것은 바로 그때였다.

"헉, 헉. 백수현 마스터!"

"……."

가쁜 숨을 몰아쉬는 채윤기.

그리고 그 뒤를 따라와서는 눈을 가늘게 뜬 채 장내를 둘

러보는 이국적인 용모의 남헌터.

　　모두가 남자의 얼굴을 알아보았다.

　　"존 메이든……?"

　　모르려야 모를 수가 없는 인물이었다.

　　'지구상에서 가장 강력한 남자.'

　　'미국을 대표하는 헌터.'

　　'세계 클랜 협의회 의장.'

　　'세븐 스타즈의 수장.'

　　'레벨 99.'

　　존 메이든.

　　설령 미국 대통령은 모르더라도, 이 사람을 모를 순 없다고 해도 전혀 과언이 아니었다.

　　그런 거물이 저벅저벅 걸어오고 있었다.

　　헌터들은 혼란에 빠질 수밖에 없었다.

　　"선배? 지금 제가 꿈을 꾸나요?"

　　"아, 아무리 봐도 존 메이든인데?"

　　"혹시 대규모 환상 마법이 일어난 게 아닐까……?"

　　하지만 당사자가 입을 연 순간, 모두가 실감했다.

　　"반갑습니다. 존 메이든입니다."

“……!”

단지 시선을 보내며 입을 열었을 뿐이었다.

그런데 모두가 말문이 막혔다.

마치 한마디만 더 내뱉으면 전원이 주저앉을 듯한 웅혼한 무게감.

그러니 누구도 감히 부정할 수 없었던 것이다.

'존 메이든!'

'진짜 존 메이든이다…….'

'환상일 리가 없어.'

세계 최강의 헌터가 이 자리에 와 있었다.

본능적으로 그 사실을 받아들인 헌터들은 주춤주춤 물러섰다.

자연스레 길이 만들어졌다.

“여기에 마스터 백수현이 계시다고 들었습니다만, 당신입니까?”

그의 묵직한 시선이 한곳으로 향하고 있었으니까.

“배, 백수현 헌터!”

“갓 메이든, 아니, 존 메이든 헌터가……!”

“…….”

두 헌터의 시선이 마주쳤다.

그 모습을 보는 사람들은 침을 꼴딱꼴딱 삼키고 있었다.

기록을 빼앗긴 초대형 거물.

기록을 빼앗은 괴물 신인.

모두가 사하라 사막의 영원 모래 미로에서 일어난 일을 알고 있었으니, 긴장감이 조성되는 것은 당연한 일이었다.

하지만 기대와는 달리, 두 사람은 조용히 악수를 주고받으며 인사를 나누었다.

"예, 제가 백수현입니다."

"늦었지만 축하한다는 말씀을 직접 전하게 되어 기쁘군요. 다른 등급의 게이트의 기록에도 도전할 겁니까?"

"아마도요."

"Great."

빙긋 미소를 짓는 세계 최강의 헌터.

그 남자를 마주한 최원호는 말없이 눈빛을 빛내고 있었다.

서늘하고도 날카로운 예기.

그러나 바다처럼 잔잔하다.

마치 폭풍전야의 밤바다를 보는 것 같다고 할까.

'그리 나쁘지 않네.'

좀 더 솔직해지자면, 기대 이상이었다.

지구에서는 헌터들이 레벨 100 제한에 걸려 있고, 그 수준이 극한의 경지로 취급받고 있다.

이런 현실 속에서 최상위권 헌터들은 자연스럽게 권태로움을 느낄 수밖에 없다.

더 올라갈 곳이 없으니까.

그러니 한계를 돌파하지는 못했을 거라고 생각했는데…….

'레벨 99? 그보다는 조금 낮군.'

나는 존 메이든의 손을 놓았다.

그는 내가 환상 속에서 보았던 것보다 더 노련한 인상이었고, 훨씬 더 강력한 힘을 가지고 있었다.

한국어 실력도 더 능숙한 것 같다.

'영원 모래 미로 4구획의 환상.'

나는 그 기억을 떠올리는 것이 그다지 의미가 없다는 것을 알면서도 떠올릴 수밖에 없었다.

나를 기억하는 대해룡 '벤테시오그'.

그 녀석이 촛불을 예로 들면서 본질과 환상이 불가분의 관계라고 이야기했던 것이 뇌리에 깊게 남은 탓이었다.

정말이지 떨쳐 낼 수 없는 환상이었다.

'차원 전쟁이라…….'

어머니를 막무가내로 압송해 간 악마종들.

존 메이든은 이미 그들과 안면이 있는 관계였고, 휴전 협정을 운운하면서 어머니를 보호해 보려 했으나 결과적으로는 무력했다.

김서옥과 마찬가지로 아무것도 하지 못했던 것이다.

과연 진실일까, 아니면 내 무의식이 빚어낸 환상일까.

"……."

아직은 답을 얻지 못한 상태였다.

존 메이든이나 김서옥에게 직접 물어볼 수도 없었고, 다른 누군가에게 단서를 얻기도 어려운 난제였다.

지금으로서는 이코가 관련 정보를 캐 오는 것을 기대할 수밖에.

"오랜만이군. 마스터 메이든."

"오, 마이스터 손. 그 해저 연구실에서 나왔다는 소식은 언뜻 들었습니다. 이렇게 만나니 더 반갑군요."

"허허, 미 투. 동감이야."

철만 아저씨와 인사를 나누는 존 메이든.

그는 이어서 정석진 마스터에게 돌아섰다.

"마스터 정, 뵙게 되어 반갑습니다. 일전에 알래스카 공략전에서 만났었지요?"

"예, 그리고 리우데자네이루에서도."

"아, 기억납니다! 맞아요. 그랬지요."

SSR급 중에서도 최상위권에 속하는 이들이었으니 오다가다 마주친 경험은 몇 번 있을 것이다.

존 메이든은 고개를 끄덕거리며 돌아섰다.

그리고 그 특유의 묵직한 기세를 저릿저릿하게 흘러 대며 모두를 향해 입을 열었다.

"여러분께 부탁이 하나 있습니다."

"부탁……?"

"우리한테요?"

"예, 제가 이 자리에 왔다는 것을 비밀로 해 주셨으면 좋겠습니다. 당분간만이라도 말입니다."

그러더니 존 메이든은 내 쪽을 스윽 돌아보며 이렇게 말하는 것이었다.

"오늘은 제가 백수현 마스터를 만나 보고 싶어서 비공개로 온 참이라서 말입니다. 언론에는 비밀로 해 두고 싶군요."

나를 만나고 싶어서 왔다?

그 말에 헌터들의 눈빛이 반짝거리기 시작했다.

"뭐야, 설마?"

"올노운의 공석을 채울 생각으로?"

"오오……."

그들이 쑥덕거리는 내용은 뻔했다.

세계 최강의 헌터가 괜히 나타났을 리가 없고.

부상으로 인해 전력을 이탈한 올노운의 자리를 나에게 줄 의지의 표현이 아니겠냐는 추측들이었다.

"……."

얼토당토않은 생각들.

애당초 세븐 스타즈라는 자리는 그런 식으로 정해지는 것이 아니었고, 무엇보다 나는 그럴 생각이 전혀 없었다.

올노운의 입장을 헤아린다면 이런 추측 따위는 단칼에 끊어야 맞는 것이었다.

하지만 어찌된 일인지 존 메이든은 슬쩍 입꼬리를 말아 올리며 이렇게 말했다.

"흠흠, 자세한 것은 말씀드리기 어렵군요. 아무튼 협조해 주시겠습니까? 그러면 제가 여러분의 후위를 맡아 드리겠습니다."

……뭐?

이건 또 뭔 소리야?

"제가 이 섬멸전의 전면에 나서게 되면 여러분의 경험치를 빼앗는 것이나 다름없으니까, 가장 뒷줄을 지키고 있겠습니다. 위험하면 언제든지 제 등 뒤로 오시면 됩니다. 자, 어떻습니까?"

말 그대로 후방에서 안전망 역할을 해 주겠다는 것.

헌터들의 눈이 화등잔처럼 커졌다.

"예에?"

"정말입니까?"

"우, 우와……!"

정석진 마스터와 춘향 선배도 기쁜 기색을 감추지 못하고 있었다.

최강의 헌터가 후위를 받쳐 준다면 어마어마한 숫자로 터져 나오는 몬스터 웨이브라도 무섭지 않았으니까.

최소한 이스케이프 클랜원들이 죽을 일은 없다고 봐도 무방했다.

　희소식이라면 희소식이었다.

　"감사합니다, 마스터 메이든. 다른 레이드 클랜이 지원을 올 때까지만이라도 부탁드리겠습니다."

　"그렇게 하겠습니다, 마스터 정."

　기쁜 얼굴로 악수를 나누는 두 클랜 마스터.

　하지만 나는 말없이 존 메이든을 바라보고 있었다.

　'뭔가 수상한데……. 뭐지?'

　이 묘한 느낌에 대해 생각하던 나는 곧 이유를 깨닫게 되었다.

　불안감이었다.

　검증할 수도 없고, 떨쳐 낼 수도 없는 가능성.

　'만약 존 메이든이 신인류라면……?'

　그땐 어떻게 되는 걸까?

　섬멸전이 시작되었다.

　내가 시간 방호벽을 이용해서 마력 폭발을 억누른 덕분에 수락산의 지형은 그리 많이 변하지 않았다.

　그러나 몬스터들이 쏟아져 나오는 것은 완전히 별개의 문제였다.

더구나 이번에 역류를 일으킨 가짜 여신의 유배지는 가변형 게이트.

'직전까지 얼마나 많은 헌터들이 입장했었는지에 따라 쏟아져 나오는 몬스터들의 숫자가 결정된다.'

그리고 이스케이프 클랜은 대규모 인원을 투입하여 이 게이트를 공략하려 했다.

때문에 쏟아져 나오는 몬스터들의 숫자는 평범한 A등급 차원 역류를 한참이나 뛰어넘는 수준이었다.

게다가 게이트의 속성 상, 유령 계열 몬스터들이 주를 이루고 있어 무척이나 어려운 섬멸전이 될 예정이었다.

하지만…….

"알파 팀이 공석이 되었으니 베타 팀이 메인 타격대를 맡는다! 감마 팀은 방어 마법과 색출 마법에 집중해!"

"전위는 쐐기꼴로 구성합니다! 필요한 경우에는 차륜진으로 수정하면서 운용하겠습니다! 방패 스킬에 최선을 다해 주십시오!"

"원거리 딜러들은 정석진 마스터의 신호에 따라서 행동해 주십시오. 엄호는 델타 팀이 전담합니다……!"

'뭔가 기합이 제대로 들어가 있군.'

역시 존 메이든의 존재 때문인 듯했다.

남자는 단지 팔짱을 끼고 뒤에 서 있기만 했는데, 이스케이프 클랜은 모두 한 단계 업그레이드된 것처럼 보였다.

'세계 최강의 헌터가 등 뒤를 지켜 준다는 심리적 안정감 덕분이겠지.'

그리고 전투가 시작되자 그 안정감은 제대로 빛을 발하기 시작했다.

[알림 : A등급 몬스터 '원혼 들린 정예 창병'을 처치했습니다!]
[알림 : A등급 몬스터 '곡소리를 내는 박수무당'을 처치했습니다!]
[알림 : 미니 보스 '광기에 사로잡힌 동자승'을 처치했습니다!]
[……]

그야말로 파죽지세였다.

정석진이 이끄는 이스케이프 클랜은 한 자루의 칼처럼 몬스터 웨이브를 찢고 가르면서 나아갔다.

때때로 부상자가 발생하기도 했지만 금세 수습되었다.

앞서 걱정했던 것이 무색할 정도로 압도적인 전황.

그 기이하고도 격렬한 소란 속에서 나는 시선을 느꼈다.

존 메이든.

"……"

입을 꾹 다문 그는 나를 향해 뜨겁다 못해 끈적거리는 시선을 보내오고 있었다.

보름달 여우의 눈에도 잡히는 것이 없었다.

철옹성 같은 정신 방벽 때문에 상대가 어떤 생각을 하는지 전혀 알 수가 없었던 것이다.

당장은 어쩔 수 없는 일.

'……일단은 지금 할 수 있는 일을 하자.'

나는 존 메이든의 존재감을 담아 둔 채 몬스터 웨이브 속으로 뛰어들었다.

'지금 내가 할 수 있는 최선.'

첫 번째는 우선 이 파도 속에서 최대한 경험치를 긁어모으는 것이었고.

두 번째는 무왕이 나타났을 때 놈을 놓치지 않고 찍어 누르는 것이었다.

나는 이미 놈이 다른 곳에서 인형술 따위를 이용해서 싸우고 있다는 것을 파악했다.

그러니까…….

'이번에야말로 놈의 본체를 찾아내야겠어.'

마력 연결점을 역추적한 뒤에 내면세계를 강제로 열어젖히고 파고든다.

그런 식으로 신인류라는 놈들의 비밀을 전부 까발릴 작정이었다.

마법적으로 쉬운 작업은 결코 아니었으나, 그래도 타이밍만 제대로 잡는다면 충분히 시도해 볼 수 있는 일이었다.

'정석진 마스터, 춘향 선배, 신우까지 도와준다면 가능성

이 있어.'

나는 때를 노리며 몬스터 사냥을 이어갔다.

그리고 게이트 보스인 '천살 마녀'가 정석진 마스터의 화력 공격에 의해 한 줌의 재로 변했을 때…….

순간적으로 나와 눈을 맞춘 정석진 마스터가 클랜원들에게 명령을 내렸다.

"모두 물러서라!"

"전원 후퇴!"

"전원 후퇴!"

치열한 섬멸전을 치른 이스케이프 클랜원들은 대부분 기진맥진한 상태였다.

이미 다들 제 역할을 한 셈이다.

어차피 무왕을 묶어 놓고 본체를 역추적하기에는 도움이 되지 않는 전력이었다.

모두의 시선이 숲 너머로 향했다.

음산한 목소리로 웃어 대는 놈.

"이거 참…… 오늘은 되는 일이 없군."

역시나 예측했던 대로 무왕이 다시 나타났다.

하지만 그때 나는 뒤를 돌아보고 있었다.

무언가 수상한 기척 때문이었다.

'존 메이든, 어디 갔지?'

무왕이 다시 모습을 드러낸 순간 그가 없어졌다.

헌터들의 배후를 받치고 있던 존 메이든의 존재감이 신기루처럼 사라져 버린 것이었다.

터벅터벅.

무왕은 비릿하게 웃음을 지으며 그림자 속에서 걸어 나왔다.

기이하게 길쭉한 팔다리를 앞뒤로 휘젓는 몸짓.

그 모양새는 흡사 인간의 것이 아닌 것처럼 음산한 구석이 있었다.

헌터들은 긴장하며 무기를 고쳐 쥐었고, 나 역시 자세를 바로잡았다.

"정말이지 네놈은 재밌구나. 그 힘의 파동을 그런 방식으로 막아 내다니. 생각지도 못했다……."

느긋하게 걸어오는 무왕.

하지만 내 머릿속에서는 조금 다른 생각이 흐르고 있었다.

'어디로 간 게 아니로군. 이건 기척을 감춘 거야.'

나는 무왕이 아니라 다시 존 메이든에 대해 생각하고 있었다.

내내 신경이 쓰이다가 이제는 선을 넘었다.

대체 뭘 노리고 있는 것인지.

정말로 아무런 사심 없이 이곳에 찾아온 것인지, 무척이나 의심스러웠다.

후방을 받쳐 주기로 했는데 무왕이 나타나자 기척을 감추고 사라졌다.

'마치 이곳에 있어서는 안 될 사람처럼.'

이게 뭘 의미하는 것일까?

'느낌이 썩 좋지는 않은데.'

"……다들 속이 시커매 가지고. 머릿속에 뭐가 들었는지 모르겠어."

내가 그렇게 중얼거리자 무왕의 눈썹이 꿈틀거렸다.

"누가 시커멓다고? 방금 뭐라고 말했나."

"몰라도 돼."

어차피 네놈의 역할은 여기서 뒤지게 얻어터지는 것밖에 없으니까.

나는 앞으로 나서며 철견을 활성화시켰다.

그러자 메시지가 떠올랐다.

[알림 : 방어구 '철견'이 다른 장비와 공명을 일으키고 있습니다.]
[안내 : 귀속 스킬 '철견 돌파'의 전개 효과가 215% 증가됩니다!]

그 순간, 나는 땅을 박차고 전력을 다해 쏘아져 나갔다.

마치 훅 잡아당긴 것처럼 무왕의 면상이 가까워졌다.

아까의 공중전과는 또 다른 속도감.

"……크하하하!"

뭐가 그리 좋은지 웃음을 흘려 대는 무왕의 입꼬리가 참으로 거슬렸다.

이미 오른쪽 어깨를 비틀고 있던 나는 총알처럼 펀치를 쏘아 냈다.

그러자 놈은 마력을 일으키며 그 반발력으로 한 걸음을 물러나는 신기를 보여 주었다.

하지만 나는 그대로 팔꿈치를 접었다.

"훼이크다, 이 병신아!"

빠아아아아악-!

주먹의 궤도에 숨겨져 있던 팔꿈치가 칼날처럼 튀어나와 관자놀이를 강타했다.

무왕의 옆통수가 터져나가는 동시에 머리통이 뒤로 휙 꺾였다.

쏟아지는 붉은 피가 상당했다.

분명히 적지 않은 충격량이 가해졌을 것이다.

그러나 놈도 나름의 노림수가 있었다.

"크크큭! 이 쥐새끼 같은 놈!"

덥석!

"……!"

순간 팔뚝이 잡히고 말았다.

동선을 비틀면서 일격을 가한 오른팔이 지나치게 가까워진 탓이었다.

이 새끼가!

"오, 잡았어? 그럼 더 맞아봐!"

나는 붙잡힌 오른팔을 내버려두고 왼손을 말아 쥐었다.

그리고 화섬권(和閃拳)을 극성으로 전개하기 시작했다.

공간을 점프하며 막대한 대미지를 꽂아 넣는 권법.

빠각! 빠아악―!

곰도 때려잡는 펀치가 연거푸 놈의 면상을 강타했다.

하지만 무왕은 두 손을 놓지 않았다.

"크하하하하!"

맞으면서 웃고 있었다.

그야말로 상쾌한 웃음.

'뭐지?'

이번엔 또 뭘 노리는 거지?

팔뚝을 통해 맹렬한 열기가 쏟아져 들어온 것은 바로 그 순간이었다.

치이이이이익!

"잘 익혀서 먹어 주마! 크흐흐흐흐!"

"큭……!"

놈은 자신의 마력을 열에너지로 치환하여 두 점으로 응집하여 나에게 쏟아 냈다.

팔뚝 세게 움켜잡은 왼손과 오른손이 그 집중점이었다.

철견이 순식간에 달아올랐다.

뜨겁게 달궈진 금속에 살갗이 달라붙는 것은 순식간이었다.

그대로 팔이 익어 버릴 것 같은 느낌.

나는 적체되어 있는 힘을 한꺼번에 터트렸다.

[안내 : 새로운 효과 '거인화'가 적용됩니다.]

[알림 : 귀속 스킬 '철견 돌파'가 한계점을 이탈했습니다.]

[경고 : 장비의 파손을 점검하십시오!]

오른팔 상완이 폭발하듯 부풀며 무왕의 손아귀를 떨쳐 내는 것과 동시에.

왼손의 주먹이 내내 쌓여 있던 폭발력을 발휘했다.

쾅——!

"크아아아악!"

무왕은 엄청난 양의 선혈을 뿜어내며 나가떨어졌다.

나를 단단히 붙잡고 있었기에 지근거리에서 일어난 괴력의 행사를 고스란히 받아 내야만 했다.

한껏 달아오르던 금속이 폭발을 일으키자 사방은 매캐한 연기로 가득했다.

그리고 놈은 가슴팍이 터져 나간 채 클클 헛웃음을 짓고 있었다.

"쿨럭, 쿨럭……. 그것도 신기한 장비로군. 아주 이상한 형태의 힘이었어."

거인갑을 말하는 것이다.

필요한 부위를 순간적으로 확대시키면서 수비 범위와 파괴력을 배가할 수 있는 방어구이자 무기.

그게 거인화 효과였다.

미완성 상태였지만 그럭저럭 효과를 발휘했다.

하지만 그 결과 철견은 파괴되고 말았다.

무왕의 공격에 내부가 녹아 버린 데다, 거인갑과 맞물리지 않은 상태로 거인화 효과를 사용한 대가였다.

"젠장."

"크크, 망가진 모양이군? 지금 이 몸처럼 말이야."

땅바닥에 처박힌 채 킬킬거리는 놈의 꼬락서니는 기괴했다.

언뜻 보기에는 긴 팔다리를 가진 무왕의 몸뚱이가 그대로 재현된 것 같았지만, 자세히 보면 아니었다.

'상체가 지나치게 가늘다.'

마치 여자의 것처럼.

내 추측이 맞는다면 저놈에게 몸을 내준 여헌터의 흔적일 것이다.

'박오현 선배.'

육체는 빠르게 죽어 가고 있었다.

철견이 망가지면서 쏟아부은 한 방은 그녀의 상체를 통째로 터트리다시피 했으니까.

그러고도 뭐가 좋은지 히죽거리는 무왕.

더 두고 볼 수 없었던 나는 놈을 향해 빠르게 다가갔다.

"즐겁군, 최원호. 정말 즐거워. 나는……."

"닥쳐."

나는 그 머리통을 거칠게 움켜잡았다.

그러자 무왕은 깔깔거리며 날 조롱했다.

"아, 머리를 터트릴 건가? 하지만 이 몸은 너도 아는 사람의 것 아니었나? 피도 눈물도 없는 건가? 대단하군. 지난 4년 동안 무슨 일이 있었던 거냐? 차원 역류에서는 어떻게 돌아왔지?"

시끄럽군.

끊기지 않고 조잘거리는 놈을 향해 나는 마력을 끌어 올리기 시작했다.

그리고 뒤를 향해 소리쳤다.

"정석진 마스터! 봄향 헌터! 한채미 헌터!"

내가 무엇을 하려고 하는지 잘 알고 있는 세 사람.

서둘러 다가오는 그들에게 나는 짧게 말했다.

"근처의 모든 마력적 간섭을 배제하고 장악 공간의 구성식을 배리어 형태로 재구성해 주세요. 최대한 두껍게!"

"……!"

인형을 다루는 기술의 첫 번째는 본체와 연결점을 숨기는 것이다.

꼭두각시의 실을 은폐하는 것.

하지만 나는 그 실의 흐름을 역산해서 놈의 위치를 되짚어 낼 생각이었다.

그러자 무왕은 손바닥에 짓눌린 채 나를 비웃었다.

"건방진 놈, 너 따위가 추적할 수 있는 마법이 아니다. 그 때와는 달라. 이건 예언자님께서……."

예언자?

그 말에 나는 피식 웃었다.

"그때와는 다르다고? 아, 그때 나한테 팔이 잘린 건 까먹은 모양이지? 허세 부리지 마라, 이 새끼야."

놈의 눈빛이 스산하게 내려앉았다.

당연히 기억하고 있는 것이다.

영원 모래 미로에서 히카리를 통해 직접 강림하려 했던 무왕은 나에게 팔이 잘리는 굴욕을 당했다.

내가 신인류의 수법을 거꾸로 이용해서 차원 통로를 닫아 버린 결과였다.

그러니 예언자의 위대함 따위를 운운하는 것은 웃기지도 않는 소리였다.

잠깐. 그러고 보니…….

'그땐 직접 나타나려고 하더니. 왜 지금은 남의 몸을 빌려서 이 짓거리를 하고 있는 거지? 진짜 본체가 어디에 있길래?'

흠, 모르겠다.

사실 지금 고민할 필요가 없는 문제였다.

"……붙잡아서 직접 알아내면 될 일이지."

나는 그대로 힘을 쏟아붓기 시작했다.

이미 조건은 완벽했다.

세 명의 마법사가 나를 돕고 있었고, 특히 정석진 마스터는 세계적인 수준에 도달한 최상위권의 마법사였다.

게다가 나 역시 새로운 추적 기술을 준비했다.

……두 가지의 권능을 하나로 엮어 내는 것.

　[알림 : 권능 '보름달 여우의 눈'이 결합할 준비를 마쳤습니다.]

　[안내 : 권능 '배신자 하이에나의 그림자'가 결합할 준비를 마쳤습니다.]

스윽.

순간 시커먼 그림자 속에서 황금빛의 눈이 떠올랐다.

그리고 천천히 깜빡이기 시작했다.

이것은 정신을 조종하는 힘을 추적하기 위해 만들어진 새로운 눈.

　[권능 : '그림자 괴물의 눈동자'.]

바로 권능의 융합이었다.

하나의 권능으로 일치된 하이에나의 그림자와 여우의 눈은 내가 의도한 기능을 정확하게 수행하기 시작했다.

'찾아라. 무왕의 본체를 찾아!'

이번에야말로 놈이 있는 곳을 알아내고.

한 걸음 더 나아가서 놈의 내면세계에 침입해서 머릿속을 갈가리 찢어 버릴 작정이었다.

성과는 금세 드러났다.

[알림 : 적의 위치를 추적하고 있습니다. 북서 방향. 4,101km……]

"아, 북서쪽 4천 킬로미터?"

아주 멀리 있는 것도 아니네.

중국 지나서, 몽골 다음에…….

'잠깐. 그 다음은-?'

……러시아잖아?

나는 석연찮은 느낌을 지울 수 없었다.

그림자 괴물의 눈동자는 정확히 시베리아를 가리키고 있었던 것이다.

환상 속에서 EX급 게이트가 역류하여 악마종에게 지배권을 빼앗겼다고 했던 그곳.

"……."

뭔가 있다.

본능이 그렇게 말하고 있었다.

"크어어억!"

미친 듯이 비명을 내지르는 무왕.

놈은 연결되어 있는 이 인형으로부터 정신 접속을 해제하기 위해서 열심히 발버둥을 치고 있는 듯했다.

하지만 소용없었다.

"계속, 계속합시다. 백수현 마스터."

정석진 마스터가 흔들림 없는 눈빛으로 놈의 시도를 차단하고 있었다.

춘향 선배와 신우는 꽤나 감명을 받은 눈치였다.

그 지원 사격에 힘입어 나는 계속해서 추적을 이어 갔다.

[알림 : 적의 위치를 특정했습니다. 좌표를 기록했습니다.]

좋아, 위치는 잡아냈고!

'이제 직접 내면세계를 파고들어서 개작살을 낼 차례……!'

그런데 바로 그때.

섬뜩한 기운이 등 뒤에서 다가왔다.

등골이 오싹해지는 예리한 살기.

나는 뒤를 돌아보지 않고도 곧 무슨 일이 벌어질 것인지 알아차렸다.

콰직!

무왕의 머리통이 으깨지며 뇌수가 튀어 올랐다.

나는 진득한 액체가 뺨에 묻는 것을 느끼며 허탈함을 느낄
수밖에 없었다.

딱 5초만 있었으면 그 머리통 안으로 들어갈 수 있었는데.

눈앞에서 놓친 것이다.

"씨바, × 같네."

욕이 안 나오면 사람이 아닐 것이다.

나는 마법사들 사이로 천천히 몸을 일으켰다.

그리고 범인을 향해 질문했다.

"뭐 하는 짓입니까, 존 메이든."

"……흠."

손끝으로 마력을 날카롭게 응집하여 쏘아 보낸 장본인은
존재감을 감추고 사라졌던 존 메이든이었다.

별안간 끼어든 놈이 무왕의 인형을 참살했다.

'왜냐고 묻는 것도 웃기는군.'

이건 당연히 무왕이 빠져나갈 기회를 만들어 준 것이었다.

나는 조용히 상대를 노려보았고, 세계 최강의 헌터는 손을
내리더니 씩 웃으면서 이렇게 말하는 것이었다.

"놈이 자폭하려고 했습니다. 그래서 부득이하게 손을 썼
습니다. 놀랐다면 미안하군요. 하지만 언젠가 나에게 고마움

을 느낄 때가 있을 겁니다, 백수현 마스터."

'개소리.'

단언하건대 자폭 따위의 징조는 없었다.

무왕의 인형술은 우리에게 완벽하게 통제당하고 있었다.

자폭은커녕 발을 뺄 수조차 없는 상황이었다.

그런데도 이딴 변명을 한다는 것은 안면에다 철판을 깔겠다는 뜻이나 다름없었다.

"우, 우와아!"

"야. 방금 스킬 봤냐? 미쳤다, 진짜."

"……."

멋모르는 헌터들은 그가 보여 준 신기에 감탄하고 있었으나 우리는 그렇지 않았다.

물론 당장 이것만으로는 확신할 수 없는 문제였다.

존 메이든의 정확한 속셈이 무엇인지, 정말로 놈이 신인류에 가담한 것인지.

아직은 알 수 없다…….

'그래도 두 가지는 분명하지.'

존 메이든은 뭔가 숨기고 있고, 무왕의 본체는 시베리아에 있다는 것.

[보상 : 신성 스탯이 7만큼 올랐습니다!]

[정보 : 신성 스탯의 총합이 43이 되었습니다.]

"후우······."

나는 쓰러진 무왕의 인형에게서 신성 스탯을 거두며 한숨을 내쉬었다.

전부 의심스럽다.

이젠 정말 믿을 놈이 하나도 없다.

다음 권으로 이어집니다

꿈의 도약, 로크에서 하십시오
(주)로크미디어에서 신인 작가를 모십니다

즐거운 세상, 로크미디어는 꿈을 사랑하고 도전을 두려워하지 않는 작가 분들의 참신한 작품을 기다리고 있습니다. 21세기 장르 문학계를 이끌어 갈 차세대 선두 주자 (주)로크미디어에서 여러분의 나래를 활짝 펴 보시길 바랍니다.

모집 분야 판타지와 무협을 포함한 장르 문학
모집 대상 아마추어 작가, 인터넷 작가
모집 기한 수시 모집
작품 접수 시 유의 사항
1. 파일명은 작가명_작품명.hwp형식을 갖춰 주십시오.
1. 파일에 들어갈 내용은 다음과 같습니다.
   − 성명(필명인 경우 실명을 밝혀 주세요), 연락처, 이메일 주소
   − 제목, 기획 의도
   − A4용지 1장 분량의 등장인물 소개
   − A4용지 2장 분량의 전체 줄거리
   − 본문
1. 작품이 인터넷에 연재되고 있다면, 게시판명과 사이트의 구체적이고 정확한 주소를 기재해 주십시오.

선택된 작품은 정식 계약 후 출판물로 간행되어 전국 서점에 유통됩니다.
작가 분은 (주)로크미디어의 전폭적인 지원하에 전속 작가로 활동하시게 됩니다.
※ 자세한 내용은 로크미디어 홈페이지(rokmedia.com)를 참조하세요.

(03920)서울시 마포구 성암로 330 DMC첨단산업센터 3층 318호
(주)로크미디어 편집부 신간 기획 담당자 앞
전화 : 02) 3273-5135
www.rokmedia.com   이메일 : rokmedia@empas.com